엄마 휴직을 선언합니다

엄마 휴직을 선언합니다

권주리 지음

교양인
GYOYANGIN

1장
엄마도 휴직이 필요하다

2장
바깥양반이 되어보겠습니다

3장
경력 단절 엄마, 삼 년 만에 세상으로 나가다

'육아 휴직' 아니고
'엄마 휴직'입니다

아이가 6개월 때 제주도로 첫 여행을 떠났다. 여행 한 달 전부터 아이와 여행을 가기 위해 필요한 것들을 검색하고 준비했다. 휴대용 분유 포트, 상온 이유식, 간식, 젖병, 작은 물약통에 옮겨 담은 젖병 세제까지 다 챙기니 캐리어가 터질 듯했다. 여행 내내 아침마다 그날 쓸 기저귀, 여벌옷, 소분한 분유, 끓인 후 식힌 분유용 생수를 담은 보온병 등을 넣은 일명 기저귀 가방을 챙기는 것은 여전히 내 일이었다. 남편이 바깥일을 하는 동안 내가 전업주부이자 주양육자로서 살림과 양육을 맡는 것에는 별다른 이견이 없었다. 하지만 여행을 와서까지 내가 주양육자로서 아이와 관련된 일을 항상 주도적으로 책임져야 한다는 사실에 기분이 점점 상했다.

남편은 '분유용 생수 사 오기'처럼 내가 시키는 일은 잘 해냈지만 아이와 관련된 일을 알아서 먼저 하지는 않았다. 세상이 떠나가라 우는 아이를 두고 나에게 "기저귀 갈아줘야 해?"라고 묻는 남편이 괜히 미웠다. 내가 기저귀를 언제 갈아야 할지 아는 건 아이의 기저귀를 직접 만지고 열어보아서였지 주양육자여서가 아니었는데 말이다. 셋이 나란히 들어간 식당에서 자연스럽게 아기 의자를 내 옆에 놓아주는 직원들을 마주할 때마다 '왜 나는 여행을 와서도 하루 한 끼도 편하게 먹을 수 없지?' 하는 생각이 들었다. 불편한 마음을 애써 누르며 밥 한술을 겨우 뜨려는데 아이가 울기 시작했다. 새 기저귀도 차고 방금 분유를 양껏 먹었는데도 아이는 울음을 멈추지 않았다. 윤기가 흐르는 상위의 음식들을 뒤로하고 나는 결국 아이를 안고 식당 밖으로 나가야 했다. 남편은 엉덩이를 들썩거리며 안절부절못했지만 결국 숟가락을 들었다.

들어본 적도 없고, 가능할 거라 생각해본 적도 없는 '엄마 휴직'을 선언해야겠다고 마음을 먹은 이유는 해결되지 않은 채로 마음속에 남아 있는 이 질문의 답을 찾아보기 위해서였다.

'아빠는 왜 주양육자가 될 수 없을까?'

아무리 주변을 둘러봐도 주양육자는 대부분 엄마였다. 여성이 전업주부일 경우에는 주양육자가 되는 것이 맞다고 생각하지만 맞벌이 부부여도 주양육자 역할은 모두 엄마의 몫이었다. 맞벌이 부부 중 어린이집 선생님이 써준 키즈노트를 보고 다음 날 등원 준비물을 챙기거나 계절에 맞는 아이 옷을 꺼내고 정리하는 일을 아빠가 한다는 부부를 본 적이 없다. 심지어 동일한 직업이거나 임금과 근무 환경이 비슷한 부부들조차! 그런 관계는 불평등하지 않냐고 물어보면 "다른 집 아빠들보다 낫지 뭐. 그래도 도와 달라면 잘해줘."라는 답이 돌아왔다. 때로는 '그게 여자의 삶'이라는 답을 듣기도 했다.

정말 여자의 삶은 그래야 하는 것일까? 아이를 낳는 순간 끓어오르는 모성을 주체하지 못해 팔을 걷고 나서서 주양육자가 되는 것일까? 아니면 모두가 그렇게 하고 있기에 자연스럽게 나도 그렇게 되는 것일까? 살림과 육아는 정말 여자라서 잘하는 일이고 남자라서 잘 못하는 일일까?

부부 간 평등한 양육 환경을 만들기 위해 당차게 엄마 휴직을 선언했다. 주양육자이자 주부인 '엄마'라는 역할에서 잠시 내려오겠다는 뜻의 엄마 휴직! 주양육자는 엄마뿐만 아니라 아빠도 될 수 있으며 바깥일을 하며 돈을 버는 일 또한 엄마의 역할이 될 수 있다. '내가 이만큼 했으니 당신도 이만큼 해' 식으로 부부가 동일한 노동을 해야 한다고 주장하는 것은 아니다. 이런 결론은 현실적이지 않다. 다만 성별에 따라 살림과 양육의 주체가 결정되어서는 안 된다는 생각을 내 삶을 통해 실험해보고 싶었다. 엄마가 할 수 있는 일이라면 아빠도 당연히 할 수 있다.

엄마 휴직을 꿈꾸게 된 배경부터 시작하여 휴직을 준비하는 과정과 실제 휴직 기간에 대한 이야기를 이 책에 솔직하게 담았다. 주부와 주양육자로 살아오며 느꼈던 억울함과 화의 원천이 어디에 있는지 샅샅이 살펴보고 바깥양반이 되면 그 감정이 풀릴 수 있을지 직접 실험해보았다. 당차게 엄마 휴직을 선언했던 때와 달리 이따금 바깥일을 그만두고 집 안으로 숨고 싶을 때도 있었다. 과연 내가 진정으로 원하는 바가 무엇인지를 탐색했던 6개월의 숨 가쁜 여정. 이 책을 읽는 당신과 함께 나누고 싶다. 책의 후반부에는 육아 휴직 제도부터 살림에 도움이 되는 서비스까지 나처럼 엄마 휴직을 원하는 당신에게 유용한 정보도 정리해 두었다. 당신의 엄마 휴직을 응원하며 힘을 보탠다.

1장

—

엄마도 휴직이 필요하다

아빠는 왜
주양육자가 될 수 없을까

남편은 완벽한 '아빠'였다. 저녁 6시, 퇴근과 동시에 육아 출근을 하며 하루를 48시간처럼 쪼개서 살았다. 직장에서 입었던 옷도 다 갈아입지 못한 채로 아이를 안고 어르고 달래며 함께 시간을 보냈다. 저녁 식사를 하면서 혼자 천천히 밥을 음미하는 이기적인 습관은 당연히 없었다. 남편과 나, 아이가 함께 앉아 밥이 코로 들어가는지 입으로 들어가는지 모를 정신없는 식사를 하는 나날이 반복됐지만 그래도 나쁘지 않았다. '저녁이 없는 삶'은 우리 가족에겐 해당하지 않았다. 매일 온 가족이 함께하는 저녁이 있었다. 식사를 마친 후에는 하루씩 번갈아 가면서 각자 주

방 정리와 아이 목욕을 맡았다. 정신없는 저녁 식사로 초
토화된 주방을 정리하는 일이 아이와 목욕하는 일보다 쉬
웠기에 남편과 나는 매일 오늘 할 일이 주방 정리이길 바
랐다. 목욕을 마치면 30분 정도 거실에서 놀다가 책 세 권
을 가지고 아이 방으로 함께 들어간다. 그 책들을 다 읽고
다시 두 권 정도를 더 읽어주면 그제야 아이는 자기 자리에
누워서 밤잠을 청할 준비를 마친다.

이보다 더 완벽한 아빠가 있을 수 있을까 싶을 정도로
남편은 최선을 다해 육아를 함께했다. 그래도 남편이 주양
육자는 아니었다. 주어진 일을 열심히 해내는 아빠였지만
육아를 주도적으로 이끄는 주양육자는 아니었다. 남편은
이 표현을 굉장히 싫어했다.

"나 정말 열심히 하고 있어. 다른 남자들은 이렇게도
안 하더라. 그렇게 말하면 나 정말 억울해."

주양육자라는 표현이 어디서 처음 등장했는지는 모
르겠지만 부부 중 한 사람이 억울해한다니, 별로 바람직
한 표현은 아니라는 생각이 들었다. "그래, 양육에 '주'양육
자와 '부'양육자가 어디 있어. 두 사람이 마음 합쳐 함께하
는 거지." 이렇게 생각하며 한 해, 두 해를 보냈다. 하지만
마음 한구석에 계속 찝찝함이 남아 있었다. 명쾌하게 답을

내리지 못한 문제에 대한 찝찝함.

정말 그럴까? 양육에서 '주'양육자와 '부'양육자는 별로 중요하지 않은 문제일까? 남편은 밖에서 일을 하고 돈을 버는 사람이니 당연히 평생을 부양육자로 살고, 나는 집에서 살림을 하고 육아를 하는 사람이니 평생을 주양육자로 사는 것이 정당한 걸까?

산부인과부터 산후조리원, 산후도우미 업체 선정까지 이어지는 육아의 '선택'은 언제나 내 몫이었다. 아이가 자라면서 선택의 폭은 더 넓어졌고, 쏟아지는 정보의 양은 더 방대해졌다. 수많은 정보 중 아이에게 최선인 것을 찾는 일은 생각보다 더 큰 정신노동이었다. 게다가 최선의 정보를 찾았다고 해서 아이에게 언제나 잘 맞는 것도 당연히 아니었다. 열 가지 선택을 하면 네 개 정도는 완전히 실패했고 세 개 정도는 평균치만큼 성공했으며 나머지 세 개는 언제 선택했냐는 듯이 모두가 까먹고 살았다. 아이 옷과 신발이 브랜드마다 사이즈가 다르다는 것은 육아를 하며 처음 알게 된 사실이었다. 눈이 빨개지도록 후기를 검색해서 선택한 육아용품들은 대부분 본전도 못 찾고 실패로 끝나기 일쑤였다. 나가서 돈을 버는 것도 아닌데 이렇게 의미 없이 돈만 까먹다니. 아무도 뭐라고 하지 않았지만 괜히 죄책감이 들었다.

양육에 들어가는 돈을 조금이라도 아끼고자 아이의 책은 주로 중고로 구입하거나 동네 도서관에서 빌려 봤다. '두 돌 아기 전집'이라는 키워드로 얼마나 검색을 많이 했던가! 만 원 더 저렴한 중고 물건을 찾으려고 일주일간 휴대폰을 들여다보는 나에게 이번엔 자괴감이 들었다. 동네 도서관에서는 한 사람당 책을 다섯 권까지 대출할 수 있다. 가족 회원으로 가입하면 나 혼자 방문해도 아이와 남편의 몫까지 열다섯 권을 대출할 수 있다는 말에 남편에게 말했다.

"당신이 직접 도서관에 방문해서 회원 가입하면 지금보다 책을 더 많이 빌릴 수 있대. 주말에 같이 가서 가입하자." 이 말을 약 일곱 번 정도 반복하고 나서야 남편은 몇 개월 만에 도서관에 방문해서 회원 가입을 했다. 만약 남편이 주양육자였대도 도서관 회원 가입을 이렇게 몇 개월이나 미루고 미뤄서 겨우 했을까? 2주에 한 번 방문해서 다섯 권이 아니라 열다섯 권을 대출할 수 있는 것이 책을 빨리 읽는 아이가 있는 집에 얼마나 다행스런 일인지 남편은 정말 몰랐던 걸까? 아니면 자기 일이 아니라고 생각해서 자꾸 우선순위에서 밀어 둔 걸까? 내 닦달에 지치고 지쳐 겨우 회원 가입을 마치고 온 남편을 바라보며 많은 생각이 들었다.

남편이 주양육자가 되면 이런 일도 안 일어나지 않을까? 육아를 하며 나만 종종거리는 상황을 완전히 바꿀 수 있을까? 남편과 내가 역할을 바꿔보면 어떤 결과가 나올까? 내가 밖에서 일을 하고 돈을 번다면 남편이 집에서 집안일을 하고 육아를 하는 주양육자가 될 수 있을까? 내가 했던 모든 고민과 선택을 남편도 똑같이 하며 살아갈 수 있을까?

질문은 꼬리에 꼬리를 물었고, 남편이 정규직이 되어 육아 휴직을 할 수 있게 되자마자 나는 소리쳤다. "정말 잘됐다!! 잘했어!!! 축하해!!! 이제 당신도 육아 휴직 할 수 있는 거지? 나도 나가서 일해도 되는 거지?" 오랜 시간 준비했던 정규직 시험에 합격한 남편에게 할 말이 이것밖에 없냐고 핀잔을 들을 수도 있지만 실제로 했던 말이 이랬다. 나에게 남편이 정규직이 된다는 건 곧 '육아 휴직 가능'한 상태가 된다는 것, 그 의미가 가장 컸다.

86년생
권주리

아버지는 1950년대 베이비붐 세대로 태어나 사회적으로 기대되는 역할을 충실히 수행하며 살아오셨다. 어린 시절 논두렁을 뛰어다니며 세상을 배웠고 군대에서는 이해할 수 없는 규칙에도 묵묵히 따르는 법을 배웠으며 블루칼라로 일하며 번 돈으로 스스로 결혼 자금을 마련했다. 요리 잘하고 착한 여자와 결혼하여 딸 둘과 아들 하나를 낳아 이상적인 가족의 모습을 갖췄다. 60대 중반이 넘은 현재까지 평생을 쉬지 않고 일하고 있으며 이런 말을 자주 입에 담고 산다. "고추도 없는 것들이 아비가 하라면 그냥 하지, 뭔 말이 이렇게 많아?"

아버지 표현대로 쓰자면 우리 집에는 무(無)고추 두 명과 유(有)고추 한 명이 있다. 언니와 나는 고추가 없이 태어난 죄로 평생을 무고추라는 웃기지도 않은 이름으로 불렸다. 언니는 무고추1, 나는 무고추2. 어릴 때는 정말 내 이름이 '주리'가 아니라 '무고추2'라고 생각했을 정도로 아버지는 진짜 내 이름 대신 이 해괴망측한 이름으로 나를 불렀다. 무고추라는 이름에는 결코 이룰 수 없는 아버지의 소망이 담겨 있었다. 본인이 평생을 일궈 온 일을 아들에게 자랑스럽게 넘겨주고 싶었는데 그럴 수가 없어 아쉬워했다. 무고추1과 무고추2는 아버지의 일을 이어받을 생각이 없었고 그럴 깜냥도 되지 못했다. 내 밑으로 유고추도 하나 있었지만 그에게는 장애가 있어서 아버지의 일을 이어받을 수 없었다. 아버지가 나를 무고추2라고 부를 때마다 나는 아버지 등 뒤에 서린 안타까움과 아쉬움을 느낀다. '아들이 있어야 했는데, 아들이 있어야 했는데…… 아들이 하나만 더 있었어도 지금과는 다를 텐데…….'

그렇다고 해서 우리 집 분위기가 평생토록 차별과 억압으로 일그러져 있던 것은 아니다. 아버지는 나를 무고추2라고 불렀지만 실제로 아들과 차별을 두고 키우지는 않았다. 원한다면 무엇이든 배울 수 있게 해주었고 더 넓은 세상에서 살라며 등을 떠밀기도 했다. 우리 집은 좀 극단적인 경우지만 1980년대에 태어난 여성들은 대부분 비슷한 분위기 속에서 자랐다. 여자라고 대학에 못 가는 일은 드물었다. 공부를 못해서 대학에 못 갔을지언정 여자니까, 누나니까 다른 형제들을 위해 공부를 포기하라는 말은 듣지 않았다. 하지만 일상에는 미묘한 차별이 있었다. "오빠라면 좀 끓여줘라"라는 엄마의 말을 들어보지 않은 여동생이 있을까? 남자와 같은 교육을 받았지만 남자와 다른 대우를 받으며 자랐다.

그렇게 자란 여성들은 어느새 '엄마'와 '아내'가 됐다. 2005년 호주제가 폐지되면서 가부장제의 법적 효력은 사라졌지만 여성들의 마음속에는 아직도 피할 수 없는 가부장제의 그늘이 서려 있다. 떨쳐내려 발버둥 치고 죽어라 노력해도 벗어나기 힘든 이 무서운 가부장제의 그늘. 하지만 대부분의 여성들은 그 그늘에서 벗어나려고 조금 시도하다 곧 포기해버린다. 그것은 개인의 탓이 아니라, 우리가 못나서가 아니라 그렇게 느끼도록 세뇌당하며 자라 온 탓이다. 스스로 어찌할 수 없는 가부장제의 그늘 속에서 여성들은 매일 참고 또 참으며 자신을 탓했다. 이 그늘은 가장 평등해야 할 부부 관계에서 가장 극명하게 드러난다. 남편을 마치 열 살짜리 큰아들처럼 여기는 듯한 여성들이 은근히 많다.

"남편은 결혼하기 전까지 집안일 하나도 안 해봤대. 그거 하나하나 다 가르치느니 그냥 내가 하는 게 속 편해. 그게 더 빨라."

"해놓은 꼴도 맘에 안 들어. 결국 내가 다시 해야 해. 일거리만 두 배로 늘어난다니까?"

정말 그럴까? 남자들은 태생적으로 집안일을 잘 못하도록 만들어졌을까? 설거지를 하면서 주방 바닥에 튄 물이 눈에 보이지 않는 이유는 생물학적으로 그들의 시야가 바닥까지 닿지 않도록 설계되었기 때문인가? 정말 그렇다고 생각하는가? 진심으로?

"그래도 애는 엄마가 봐야지. 애도 엄마를 더 좋아해."

"아빠들은 딱 시킨 것만 해. 애 좀 보라고 하면 진짜 바라만 보고 있다니까? 웃겨 정말."

아이가 아빠보다 엄마를 더 좋아하는 이유가 뭘까. 아빠들은 왜 아이를 두 눈으로 가만히 바라보기만 하는 걸까. 남성의 DNA에는 육아 기술이 여성보다 현저하게 적게 들어 있을까? 자, 가슴에 손을 얹고 솔직해져보자. 당신도 처음부터 완벽한 엄마는 아니었다. 모두 지난 시간의 피땀 눈물로 일궈낸 '엄마 되기'의 결과일 뿐이다. 아빠들이 육아를 잘 못하는 이유는 명확하다.

지금까지 안 해본 일이라서.

내가 안 해도 아내가 알아서 다 잘하니까.

밖에서 일하느라 바빠서.

부부 관계와 양육에서 '뼛속 깊이 남아 있는 가부장제의 악순환'을 끊을 수 있는 방법은 딱 하나다. 역할을 바꿔서 해보면 된다. 남편이 주양육자와 전업주부가 되면 된다(부부가 모두 바깥일을 하는 경우 남편이 주양육자가 되면 된다). 그래야 아빠들도 돌봄노동의 의미를 이해할 수 있다.

전업주부의
월급은 얼마?

　　'전업주부의 노동을 돈으로 환산하면 얼마?'라는 제목
의 기사를 한 번도 클릭하지 않은 전업주부는 없으리라 확
신한다. 하루 종일 일하는 것 같은데 사람들이 자신을 '남
편이 벌어다 주는 돈으로 집에서 편히 노는 여자'라고 생
각할 때마다 속이 뒤집어진다. 그래서 이런 제목의 기사
를 볼 때마다 열심히 '눈팅'을 한다. '그래, 내 노동에도 분
명 가치가 있어! 나도 일을 하고 돈을 버는 사람이야! 나도
떳떳해!' 하지만 대부분의 기사는 비현실적인 수치를 나열
할 뿐 실제 우리의 삶을 반영하지는 못한다. 그래서 내가
직접 정리해봤다. 과연 전업주부와 주양육자의 노동의 가

치를 돈으로 환산하면 얼마일까? 우리는 대체 얼마를 벌고 있는 걸까?

나는 삼십 대 중반의 주부이고 어린이집에 다니는 세 살 아이가 하나 있다. 남편은 오전 7시 40분에 출근해서 오후 6시에 퇴근하는 비교적 친(親) 가정적인 직업을 가지고 있다. 특별한 일이 없는 한 평일 저녁과 주말에는 가족이 함께 지내고 집안일과 육아를 평등하게 나눠서 하는 편이다. 그래서 주말 노동은 제외하고 전업주부이자 주양육자로 지내는 평일 노동만을 화폐 가치로 환산해보았다.

'뭐야, 남편이 일찍 퇴근해서 집안일이랑 육아도 잘 도와준다고? 나는 아이가 둘에 매일 독박 육아인데? 이 정도가 뭐가 힘들다고 징징대? 나는 더 힘든데?' 이렇게 생각할 수 있다. 하지만 나는 당신의 적이나 비교 대상이 되기 위해 이 글을 쓰는 것이 아니다. 전업주부이자 주양육자의 노동을 정당한 가치로 환산하고 그 결과를 세상에 떳떳이 발표하여 주부의 노동을 인정받고자 하는 의도로 쓰는 것이다. '내가 더 힘드네' 식의 대결은 찰나의 위로가 될 뿐, 길게 봤을 때 어떤 긍정적인 도움도 되지 못한다.

전업주부 · 주양육자의 24시간

오전 7시~9시 45분 : 기상과 어린이집 등원

자고 일어난 아이 기저귀를 갈고, 일어나자마자 내 다리를 붙잡고 놓아주지 않는 아이를 다리에 붙여놓은 채로 아침밥을 차린다. 밥 달래서 기껏 차려주니 안 먹고 바나나를 달란다. 온 주방에 다 흘리면서 바나나를 먹은 아이의 손을 잡고 얼른 양치와 세수를 시킨다. 옷을 갈아입히고 양말까지 신기는 데 약 30분이 소요된다. 중간중간 "이거 싫어!" 하고 외치는 아이를 달래는 감정노동도 당연히 포함이다. 아이의 등원 준비를 마치면 식사 자리를 정리하고 대충 내 몸을 씻는다. 아침 두 시간 사이에 폭탄을 맞은 것처럼 변한 집 안을 간단히 정리하고 아이의 손을 잡고 어린이집으로 향한다. 안 가겠다며 우는 아이를 온갖 방법으로 달래서 등원을 시키고 집으로 돌아오면 9시 45분. 분명 정리를 한다고 했는데 여전히 집 안은 더럽다.

10시~12시 : 매일 해야 하는 집안일

집 안에 널려 있는 장난감을 다시 상자에 넣고 식탁 밑에 떨어져 있는 으깨진 바나나를 닦고 여기저기 산처럼 솟아 있는 옷들을 모아 세탁기에 돌리고 청소기를 돌리고 물걸레질을 한다. 각 방마다 쓰레기통에 가득 찬 쓰레기를 봉투 하나에 모아 담아 꽉 눌러서 야무지게 매듭을 묶는다. 냉장고에 뭐가 있는지 확인하고 온라인으로 주문하거나 슈퍼에 간다. 식료품뿐만 아니라 생필품도 주기적으로 재고를 확인해서 채워 넣는다. 어젯밤에 건조기에 넣어놓은 빨래를 꺼내 차곡차곡 개고 다 돌아간 빨래를 다시 건조기에 넣어 돌린다. 옷들을 옷장 안에 정리한 뒤 환기를 하려고 열어놓은 창문을 닫으면 오전 집안일이 일단 끝난다.

12시~2시 : 점심시간과 휴식

냉장고에 있는 반찬으로 점심을 해결하거나 가끔은 배달 음식을 먹거나 외식을 한다. 엄마 동료들과 커피를 마시기도 한다. 3시 30분 아이의 하원 시간에 맞춰 집에 돌아와야 하므로 이 시간은 1시간 30분을 넘기지 않는다. 주 2회 정도는 오전에 집안일 하는 시간과 바꿔 운동을 간다.

2시~3시 30분 : 육아 관련 일을 하고 대기하는 시간

주로 육아와 관련된 일을 처리한다. 장난감 도서관에

방문해서 장난감을 대여하고 도서관에서 책을 대여하고
온라인 쇼핑으로 육아용품을 사거나 팔고 계절에 맞는 옷
을 구입한다. 하원 시간이 다가오기 때문에 마음이 상당히
바쁜 상태라서 생산적인 일을 하기는 힘들다. 이 시간은
그저 대기하는 시간이다.

3시 30분~6시 : 아이와 놀기

아이와 동네를 한 바퀴 돌며 산책을 하고 가끔은 같이
마트나 도서관에 가서 시간을 보낸다. 날씨가 좋으면 놀이
터에서 두 시간 동안 미끄럼틀을 타기도 한다. 집에 돌아
와 옷을 갈아입히고 놀이 2차전이 시작된다. 책을 스무 권
정도 읽어주고 '꼭꼭 숨어라'를 열 번 정도 반복하고 역할
놀이를 30분 정도 하다 보면 남편이 퇴근한다. 이때쯤 목
에서 쉰 소리가 난다.

6시~9시 30분 : 저녁 식사와 밤잠 준비

퇴근한 남편이 아이를 돌보는 동안 저녁 식사를 준비
한다. 중간중간 "엄마~" 하며 다리를 붙잡고 늘어지는 아
이를 떼어내거나 달래며 주방 일을 한다. 식탁 오른쪽 왼
쪽 위아래를 넘나들며 밥을 온몸으로 먹는 아이를 어르고

달래며 저녁 식사를 마치고 아이 목욕을 시킨다. 오늘 내가 목욕을 맡으면 남편이 주방 정리를 하고 내일은 서로 역할을 바꾼다(앞서 말했듯이 주방 정리가 훨씬 쉬운 일이다). 머리를 감지 않겠다는 아이를 내 다리 위에 눕혀서 겨우 씻긴다. 깨끗하게 씻고 나온 아이와 다시 장난감 자동차를 가지고 20분 정도 역할 놀이를 하고 나면 드디어 밤잠을 재울 시간이다. 아이 옆에 누워 책을 세 권 정도 읽어주고 노래를 부르며 재운다.

9시 30분~10시 : 끝난 줄 알았죠?

끝나지 않았다. 아이를 재우고 방문을 닫고 나오면 또다시 초토화된 집을 정리해야 한다. 분명 오전에 청소기를 돌렸는데 이 시간이 되면 집이 또 더러워진다. 장난감과 책을 정리하고 매트 위를 닦는다. 10시. 드디어 '아무 일도 하지 않아도 되는 혼자만의 시간'이 찾아왔다.

정리하자면 나는 하루 평균 열두 시간을 주양육자이자 전업주부로 살고 있다. 그중 세 시간 정도는 전업주부의 일이고, 나머지 아홉 시간이 주양육자의 일이다. 2022년 대한민국을 기준으로 하여 위 노동을 임금으로 환산해보면 아래와 같다.

전업주부(집안일)

가사도우미 앱 '미소'를 기준으로 보면 집안일 세 시간에 40,000원을 지불해야 한다. 그렇다면 한 달을 평일 22일로 봤을 때 40,000원×22일=880,000원이다.

주양육자(돌봄)

정부에서 운영하는 '아이 돌봄 서비스'를 기준으로 보면 아이 한 명당 한 시간에 10,550원을 지불해야 한다. 이 비용에는 준비된 식사나 간식 챙겨주기는 포함되지만 아이가 먹은 식기 설거지는 포함되지 않는다(가사 활동은 서비스에서 제외된다는 뜻이다). 즉 하루 아홉 시간의 돌봄을 외주하면 하루 94,950원을 지불해야 한다. 위와 같이 한 달을 평일 22일로 봤을 때 94,950원×22일 =2,088,900원이다.

내가 하는 하루 열두 시간의 노동을 돈으로 환산하면 한 달 동안 집안일 88만 원과 육아 208만 원, 도합 296만 원을 버는 셈이다. "너무 적어요! 겨우 그것밖에 안 된다고 요?"라고 말한다면 당신은 나처럼 주부이자 주양육자일 확률이 높다. 매일 반복하는 노동이 겨우 이 정도의 가치인가 싶지만, 이 말인즉슨 사회에서 돌봄노동의 가치가 겨우 이 정도라는 뜻이기도 하다. 안타깝게도.

물론 육아에 들어가는 아홉 시간 중에는 퇴근 후 남편의 육아도 포함된다. '그럼 그 시간은 제해야지!'라고 생각할 수도 있지만 육아도우미를 구해본 사람은 안다. "오전에 두 시간, 오후에 두 시간만 봐주면 되는데 왜 한 달에 150만 원을 달라고 하세요? 한 시간에 만 원씩 하면 88만 원인데?" 이렇게 말하면 절대로 육아도우미를 모실 수 없다. 주양육자의 노동은 대기하는 시간까지 포함해 종일에 걸쳐 하는 육체노동, 정신노동이기 때문에 원하는 시간만 딱 외주하는 건 어렵다. 그러므로 하루 아홉 시간의 돌봄노동은 온전히 나의 노동이라고 떳떳하게 말할 수 있다.

여기까지 읽은 사람들은 이렇게 말하기 쉽다. "남들다 하는 일에 뭘 그리 유난 떠냐?" 유난 떨지 않으면 아무것도 달라지지 않는다. 지금 상황에 불만이 있다면 무엇이 문제이고 어떻게 바꿀 수 있는지 꼼꼼하게 따져보는 것부터 시작해야 한다. 내 노동의 가치를 눈에 보이는 숫자, 즉 돈으로 정확히 환산하여 내밀지 않으면 전업주부의 노동은 아무도 알아주지 않는다. 전업주부 여성들이 지금까지처럼 군소리 없이 살아야 이 세상이 '가장 편하게 잘' 굴러갈 수 있기 때문이다. 정은아는《당신이 집에서 논다는 거짓말》에서 "남성이 가족 임금을 벌어 오는 노동자 역할을 맡고 여성이 그런 남성 노동자를 무상으로 재생산하는 역할을 맡아야만 자본이 값싼 노동력으로 대량의 이윤 창출을 이루어낼 수 있다"고 말했다. 다시 말해 남성이 돈을 벌어 오는 동안 여성은 무상으로 집안일을 하며 남편과 아이들을 돌보는 것을 당연하게 생각해야만 자본주의가 굴러갈 수 있다는 뜻이다. 주부가 자신이 하는 노동의 가치를 알아 달라며 나처럼 유난 떨지 않고 남편이 벌어 오는 돈을 감사히 받으며 열심히 살림하는 것이 우리가 살아가는 자본주의 시대의 기본 값이다.

하지만 앞서 확인했듯이 주부는 절대 집에서 놀지 않는다. 하루 열 시간 이상의 노동을 군말 없이 해내고 있다. 아무도 대가를 지불하지 않고 아무도 알아주지 않지만 적어도 우리는 알아야 한다. 우리는 지금 최선을 다해 열심히 일하며 살고 있다는 것을. "나는 집에서 놀잖아"라고 말하며 민망한 듯 손사래 치지 않아도 된다는 것을.

그렇게 나는 '자연스럽게' 주부가 되었다

내 소개를 간단히 해볼까 한다. 대학에서 특수 교육을 전공하고 대학원에서는 아동·청소년 연극을 공부했다. 극단 '아주 특별한 예술마을'의 대표이자 발달장애 아동·청소년을 위한 공연을 제작하고 특수 학급·특수 학교·복지관 등 다양한 기관에서 수업을 진행하는 프리랜서 연극 강사다. 동시에 네이버 블로그 '사랑에 장애가 있나요?'와 유튜브 '항승주리'를 운영하는 크리에이터이기도 하다. 2021년 3월에는 블로그 이름과 같은 제목의 에세이를 출간했다. 주말에는 월 1회 정도 결혼식 사회자로 활동한다.

자, 여기까지 쓰는 데 꽤 오래 걸렸다. 정리해보니 내가 하는 일이 생각보다 많다. 심지어 여기에 주부와 주양육자도 추가된다. 내 직업을 전업주부라고 쓰려고 했는데 그러기에는 이미 다른 일을 하며 돈을 벌고 있기에 '전업'주부는 아닌 것 같다. 그렇다면 나 자신을 뭐라고 불러야 할까? 프리랜서 주부 엄마? 이게 도대체 무슨 뜻인가? 써놓고도 이상하다. 여성들은 아이를 키우며 주부가 되는 시기에 정체성의 혼란을 강하게 느낀다고 한다. 나도 마찬가지였다. '전업주부'라고 하자니 간헐적이지만 지금 하고 있는 '내 일'을 단순히 취미로만 여기는 것 같아 억울하고 '프리랜서'라고 하기엔 주양육자 역할을 우선순위로 두고 있기에 바깥일의 양과 결과물이 영 만족스럽지 못하다. 이것도 저것도 아니라면 내 직업은 대체 무엇이란 말인가?

"그냥 용돈 벌이지 뭐."

"소소하게 반찬 값 벌려고 하는 거야."

규모와 상관없이 살림과 육아 외에 자신의 일을 하는 엄마들은 자신의 일과 작업물을 소개할 때 이런 말을 꼭 덧붙였다. 내가 보기엔 그 자체로 훌륭하고 완성도 있는 일이었는데 다들 어찌 된 일인지 자신의 일을 소개하다가도 "그냥 취미 삼아 하는 거야"라고 이야기를 급하게 마무리했다. 하지만 자기 일을 취미로 여기는 순간 그 일은 가차

없이 우선순위에서 밀린다. 오늘은 남편이 술 약속이 있다고 했으니까, 이번 주말엔 가족 행사가 있으니까, 요즘 남편이 피곤해하니까…… 결국 취미인 내 일이 밀릴 수밖에 없다. 이런 일이 반복되다 보면 남편도 아이도 모두 내 일을 '일'로 봐주지 않는다. "그거 꼭 지금 해야 해?"라는 말 앞에서 딱히 할 수 있는 말이 없다.

나는 내 일과 작업물을 스스로 평가 절하하고 싶지 않다. 아무리 작은 일이라도 아이가 없었을 때와 마찬가지로 진지한 태도로 임한다. 설사 노력에 비해 결과물이 형편없을지라도, 수입이 너무 적어 반찬 값조차 되지 않을지라도 내가 하고 있는 일에 자부심을 지니려 노력한다.

하지만 이런 '진지병' 말기의 주부인 나조차도 엄마와 프리랜서 역할을 동시에 수행하는 데는 큰 어려움이 따른다. 유튜브 광고 의뢰를 받아 오 분가량의 영상을 제작하려면 최소 열 시간 정도는 몰입해야 하는데 며칠의 시간을 쪼개고 쪼개도 아이를 키우면서 열 시간을 확보하기가 정말 쉽지 않다. 광고 물품을 요리조리 뜯어보고 사용하는 데 두 시간, 영상을 기획하고 스크립트를 짜는 데 한 시간, 촬영하는 데 두 시간, 편집하는 데 두 시간, 피드백을 주고받으며 최종 완성까지 두 시간, 업로드하고 관리하는 데

한 시간. 최소 열 시간 동안 집중해야 하는데 아이는 그런 나에게 자비를 베풀 생각이 없어 보인다.

 "엄마! 엄마!! 엄마!!! 엄마!!!! 나 좀 봐요!!!!!" 한 손으로 아이를 달래며 겨우 이메일을 보내고 통화를 한다. 아이가 어린이집에 가 있는 동안 의뢰인과 소통을 할 수 있으면 참 좋을 텐데, 대부분의 의뢰인은 오후 3시에서 6시 사이에 연락을 주었다. 아이가 옆에서 자기랑 놀아 달라며 배를 까고 우는 동안 전화기 너머로 의뢰인의 피드백을 들으며 며칠을 보내면 드디어 영상 업로드 완료! 이렇게 열 시간을 일하고 40~60만 원 정도의 제작비를 받는다. 그렇다면 이것은 내 커피 값인가 아니면 우리 가족의 생활비인가. 이 전체 과정을 내 직업 활동으로 볼 수 있는가? 아니면 정말 순수하게 용돈 벌이 아르바이트인가?

 스스로 한 질문에 명확한 답을 내릴 수 없는 이유는 나도 모르기 때문이다. 내 정체성이 엄마인지 크리에이터인지 연극 강사인지 명확하게 답을 내릴 수가 없다. 내가 만약 회사에 출근하는 직장인이었다면 이런 고민을 하지 않았을 것 같다. 적어도 이름과 직함이 쓰인 ID카드를 목에 걸고 있을 테니 말이다. 내 정체성을 찾고자 명함에 '결혼식 사회자, 연극 강사, 크리에이터(콘텐츠 제작자)'라고 써넣었지만 안타깝게도 그 명함을 건넬 일은 오직 결혼식 사회자로 일할 때밖에 없었다. 동네 엄마들과 어린이집 앞에서 인사를 주고받으면서 "안녕하세요. 결혼식 사회자이자 연극 강사이자 크리에이터로 일하고 동시에 한 아이의 엄마이자 주부인 권주리입니다."라고 나를 소개하고 명함을 건넨다면? 다음 날부터 어린이집 100미터 앞에서 나를 보면 다들 멀찌감치 길을 돌아 등원하겠지. '저 엄마 좀 이상해. 마주치지 말아야지.'

주부와 엄마가 아닌, 다른 일을 하고 있는 '권주리'에 대해 이렇게 길고 긴 글을 쓴 적이 있던가? 엄마가 된 최근 삼 년 안에는 한 번도 없었다. 어쩐지 마음 한쪽이 짠해지며 스스로 연민을 느낀다. 이렇게나 바깥일을 하며 살고 싶어 하는데 주부인 채로, 엄마인 채로 자신의 욕망과 출세욕을 감추고 살아야 한다니. 더 나아갈 수 있는데, 더 달려갈 수 있는데 보이지 않는 손이 내 발목을 잡고 한자리에 묶어 둔 느낌이 든다.

아무도 나에게 "전업주부와 주양육자가 돼라!"고 강요하지 않았다. 남편과 내가 내린 합리적인 결정이라고 생각하며 스스로 마음을 다잡아 왔다. 어린이집 외에는 돌봄을 맡길 곳이 없는 데다가 프리랜서는 휴직을 하지 않아도 되었으므로 자연스럽게 내가 전업주부가 되었다.

하지만 점점 의심이 든다. 정말 아무도 나에게 강요하지 않았나? 내가 여성이니까 주양육자이자 전업주부가 되겠다고 스스로 한 걸음 물러선 게 아닐까? 겉으로는 페미니즘을 외치면서 속으로는 '남자는 바깥일, 여자는 집안일'이라는 공식을 여전히 간직하고 있던 게 아닐까? 남편의 경제 활동에 기대 치열한 바깥일을 잠시 쉬고 싶었던 건가? 바깥일을 하지 않아도 되는 아주 정당한 이유를 드디어 찾아낸 것일까?

지난날을 차근차근 돌이켜보니 위의 질문에 "절대 아니다"라고 말하기 힘들어졌다. 내 안의 가부장제는 내가 바깥양반이 아닌 안사람 역할을 자처하게 만들었다. 찰나의 의심은 있었지만 행동할 자신은 없었다. 그래서 이제부터 하나씩 행동해보려 한다.

"남편! 내년엔 육아 휴직을 하자. 내가 밖에서 일할게. 당신은 집에서 일하는 게 어때?"

평가가 없는
유일한 직업

전업주부로 사는 것은 사실 편하다.

이 한 문장을 적기까지 정말 오래 걸렸다. 주부이자 주양육자인 내가 이런 말을 입 밖으로 내뱉는다는 것이 마치 건드려서는 안 될 삶의 금기를 깨부수는 일처럼 느껴졌기 때문이다. 지금까지 여러 장에 걸쳐서 "전업주부의 노동을 사회에서 인정해주지 않으니 억울하다", "내가 원해서 전업주부가 된 것이 아니다"라고 말해 왔으면서 이제는 전업주부로 사는 것이 사실 편하다니, 진짜 속마음은 무엇인가?

아주 솔직하게 말해보겠다. 전업주부로 사는 일이 사

실 편한 건 맞다. 물론 하루 열두 시간 이상 끝나지 않는 육체노동과 정신노동을 해야 하는 것은 힘들지만, 그 결과물에 대한 평가가 없다는 점에서 편하다고 할 수 있다. 자세히 따져보면 물론 사소한 평가는 있다. "찌개가 왜 이렇게 짜?"라는 남편의 한마디에 배알이 확 뒤틀린다. 하지만 그 한마디로 전업주부가 직업을 잃지는 않는다. 집 밖에서 노동을 하고 돈을 버는 직업인은 모두 평가를 통해 그 직업을 유지할 수 있을지 아닐지를 통보받는다. 그에 비해 전업주부는 사소하게 속이 상하는 일은 있을지언정 타인과 기관의 평가 때문에 직업을 잃지는 않는다. 프리랜서로 일하는 동안 매년 평가를 받으며 다음 해에도 작업을 이어 갈 수 있을지 통보받는 삶을 살았다. 스스로 그만두지 않으면 절대로 잘리지 않는다는 공무원도 매년 성과를 평가받고 이에 따라 새로운 직무와 직급을 맡게 된다. 하지만 찌개가 짜다는 가족의 평가에 다음 날 식사를 세 번이 아니라 열한 번을 차려야 하는 건 아니다.

그렇다면 이런 말은 어떤가? 1980년대생이 어릴 때 집에서 정말 많이 들은 아버지의 말이다. "도대체 집구석에서 뭘 했길래 애가 이 모양이야?" 이런 말이 바로 주양육자를 향한 평가가 아니냐고 말할 수 있다. 하지만 이건 애를 그 모양으로 키운 주양육자의 잘못이 아니라 애를 그 모양으로 키운 양육자 모두의 잘못이다. 주양육자는 아이를 보살펴 자라게 하는 '양육'을 주로 하는 사람일 뿐, 아이를 올바르게 키우는 것을 전부 책임지는 사람은 아니다. 그러니 혹시라도 이런 평가에 주눅 들어 있다면 배우자에게 이렇게 말해라. "당신은 부모로서 정신이 있어 없어? 애를 어떻게 키웠길래 이 모양이야?"

이런 사소한 평가 말고는 직업을 뒤흔들 만한 절대적인 평가는 전업주부의 삶에 없다. 그래서 이 직업에서 잘릴 일이 없고, 마음이 편하다. 주어진 열두 시간의 노동을 어떻게든 해내기만 하면 모든 일은 끝난다. 아이를 낳고 전업주부가 되면서 이 점이 참으로 낯설고도 편했다. 아무도 내 일을 평가하지 않는다는 것. 신세계였다. 설거지를 아침밥 먹은 직후에 하든, 남편이 퇴근하기 전에 하든 무조건 내가 선택할 수 있었다. 이틀에 한 번 청소기를 돌리기로 마음먹었지만 가끔은 사흘에 한 번 돌리기도 했다. 남편은 신기하게도 내가 어떤 집안일을 어떻게 하든지 간에 별로 관심도 없었고 불만이나 칭찬도 없었다. 아무런 평가가 없었다.(그럴 수 있는 이유는 엄마 휴직을 하고 나서, 출퇴근을 하면서부터 점점 깨닫게 됐다. 뒤에서 자세하게 다룰 예정이다.) 나는 점점 그 편함에 익숙해졌다.

아이가 어린이집에 가 있는 시간 혹은 평일 저녁이나 주말 오후처럼 남편이 아이를 혼자 볼 수 있는 시간에 내가 할 수 있는 일이 종종 들어왔다. 일정을 꽤나 빠듯하게 소화해야 하지만 불가능한 건 아니었다. 남편도 자신이 아이를 보고 있을 테니 편하게 일하고 오라고 나에게 말했다. 그런데 알 수 없는 감정이 점점 차올랐다. '다시 일하기가 두렵다' '내가 잘할 수 있을까?' '솔직히 나가기 귀찮다' '하루 나가서 돈을 얼마나 번다고…… 그냥 못 한다고 할까?' 시작은 경력 단절에서 온 두려움이었지만 마지막은 솔직하게 '굳이 힘들게 일하기 싫다'는 감정이었다. 그럴 때면 "죄송해요. 아이 때문에…… 좀 어려울 것 같아요."라는 말로 상대의 제안을 조심스럽게 거절했다. "어머, 어쩔 수 없죠. 아이 키우면서 일하기 어려우시죠. 그럼 다음에 좋은 기회 있으면 다시 연락드릴게요." 전화기 너머 상대방의 마지막 인사를 들을 때면 얼굴이 확 달아올랐다. 아무도 나를 쳐다보지 않지만 스스로 부끄러웠다. 그렇게 "일하고 싶어!"를 입에 달고 살았는데 막상 일할 수 있는 기회가 오니 아이 탓을 하며 거절했다. 나란 사람은 도대체 뭘 원하는 거야? 내가 진짜로 원하는 게 뭐야?

전업주부와 주양육자로 살면서 했던 "아이 돌봐야지" "남편은 내가 집에 있길 원해"라는 말 속에 '일하기 싫어!'라는 마음이 감춰져 있다는 걸 인정해야 한다. 전업주부와 주양육자로 사는 것이 공식적으로 '바깥일'을 하지 않아도 되는 핑계가 되기도 한다는 것을 솔직히 인정해야 한다. 적어도 나는 그랬다. 전에는 누가 내게 "애 볼래, 밭맬래?"라고 질문하면 열에 아홉은 "밭맬래!"라고 답했다. 20대와 30대 초반, 온몸과 온 정신을 불살라 노동을 하며 겪은 산전수전을 다시 되풀이하고 싶지 않았다. 그럴 때면 전업주부와 주양육자라는 직업을 앞세워 내 몸을 숨겼다. "전업주부가 된 게 억울해 죽겠어"라는 말을 하며 속으로는 편하게 웃은 날도 있다. 평가가 없는 유일한 직업을 가진 사람으로서 다른 일을 하며 괴로워하고 싶지 않은 적이 많았다.

전업주부이자 주양육자의 하루는 일로 가득하다. 월 최소 296만 원을 벌고 있다. 아이가 잠들어도 남편이 출근해도 주부가 해야 할 일은 끝나지 않는다. 이런 현실을 모르고 '전업주부는 그냥 편하다'고 말하는 것이 아니다. 타인의 평가가 없다는 점에서 편하다는 것이다. 평가 없는 직업이라니, 얼마나 솔깃한가? 그런데 나는 이렇게 좋은 직업을 가지고 있으면서도 왜 자꾸 휴직을 하고 싶어 하는 걸까. 왜 엄마 휴직을 부르짖는 걸까!

엄마 휴직을 하고 싶은
진짜 이유는

독박 육아 : 배우자나 다른 사람의 도움 없이 혼자서 어
린아이를 기르는 일을 비유적으로 이르는 말(네이버 국
어사전)

사전의 정의로 보면 나는 독박 육아를 하진 않았다. 남편이 오후 6시면 어김없이 퇴근해 육아 출근을 하고 주말에는 같이 육아를 했으니 엄밀히 따지면 독박 육아는 아니었다. 그런데도 아이가 어린이집에 다니기 전, 새벽 6시부터 남편의 퇴근 시간인 오후 6시까지 열두 시간 동안 누구의 도움도 받지 못한 채로 집에서 혼자 육아를 하는 것은

이것이 독박 육아냐 아니냐를 따지는 것이 무의미할 정도로 힘들고 벅찼다. "힘들어 죽겠어~ 아기가 잠을 안 자~"라고 우는 소리를 하며 달려갈 친정도, 불편함을 감수하더라도 주말에 커피 한 잔을 할 동안 아이를 잠시 맡길 시가도 없었다. 친정과 시가 둘 다 너무 멀었고 이미 양가 부모님들은 우리 아이가 아니라도 각자의 짐이 있었기에 도와달라고 요청할 수조차 없었다.

'그렇게 나는 혼자 육아 우울증에 걸려 아이를 안고 하루에도 몇 번씩 아파트 창밖을 바라보며 입술을 깨물었다'라고 써야 할 것 같지만 사실 그러지 않았다. 정부 지원 산후도우미가 철수하고 두 달 정도 아이와 둘이 낮 시간을 보내보니 이것은 나 혼자서 감당할 수 없는 과업이라는 결론이 나왔다. 주변에 도움을 요청할 부모님이나 형제자매나 친구들이 없으니 돈을 써서라도, 아주 적은 시간이라도 육아 외주를 맡겨야 한다는 명쾌한 나의 결론에 남편도 동의했다.

곧바로 정부 지원 아이 돌봄 서비스를 신청했고 장애인 가정이었던 우리는 감사하게도 곧바로 서비스를 저렴하게 이용할 수 있었다. 그렇게 아이가 5개월이 됐을 때부터 일주일에 세 번, 하루 세 시간씩 돌봄 선생님을 모셨다.

그사이 나는 출산 후 처음으로 혼자 외출을 했다. 모유 수유 중이었기에 흘러나오는 모유를 닦으며 발레를 배웠고 햇살을 받으며 혼자 카페에 멍하니 앉아 시간을 보냈다. 왔다 갔다 하는 시간까지 치면 세 시간은 정말 짧았지만 그 자체로 인생에 큰 활력을 얻은 느낌이었다. 주변 사람들이 어린아이를 어떻게 남의 손에 맡기냐고, 요즘 무서운 일이 얼마나 많은지 아냐고 걱정 어린 시선을 보냈지만 나는 이렇게 답했다. "그럼 직접 저희 집에 오셔서 아이 좀 봐주실래요? 저 숨 좀 쉬고 올게요."

육아 우울증에 걸려 가족 모두를 괴롭게 하느니 잠깐이라도 돌봄 외주를 맡기고 내 정신을 가다듬는 편이 훨씬 현명한 선택이었다. 그렇게 일 년 정도 돌봄 선생님과 함께 육아를 했고 아이가 16개월이 됐을 때부터는 동네 가정 어린이집에 다니기 시작했다. 예상보다 조금 이르게 어린이집에 입소했지만 그 무렵 내 갑상선에 큰 혹이 생겨서 제거 수술을 받아야 했기에 선택의 여지가 없었다.

글로 정리하니 더 수월해 보인다. 그래, 인정하자. 나는 육아가 그다지 힘들지 않았다. 가끔은 외롭고 지쳤지만 그건 육아를 하는 주양육자라면 아니, 삶을 지탱하는 인간이라면 모두가 느끼는 감정과 비슷했다. 나는 그저 '살려고' 더 편한 방법을 택했을 뿐이다. 혹자는 "그래도 아이는 세 살까지 엄마가 키워야지⋯⋯."라고 말했지만 상관없었다. 내가 죽으면 그게 다 무슨 소용이란 말인가! 내가 사는 게 먼저였다.

그래서 하고 싶은 말이 뭐냐고? 내가 엄마 휴직을 바랐던 이유는 '육아 우울증'에 걸려서가 아니었다. 49:51 비율로 매일 행복과 불행 사이를 오갔지만, 100만큼 불행한 날만 이어진 적은 없었다. 그렇다면 대체 왜 엄마라는 자리를 버리겠다는 거야?

아이를 키우며 내 인생의 주도권이 나에게 없다는 느낌이 들었다. 무엇을 하든 아이 위주였고 내 욕구는 저 뒤로 밀려났다. 사소하게는 커피 한 잔부터 크게는 직업적 선택까지. 모든 것은 '아이를 돌보는 주양육자' 역할을 수행하고 난 뒤에야 선택할 수 있었다. 그러면 선택 가능한 보기가 거의 없었다. '단 한 번이라도 나를 최우선으로 삼고 싶다'는 생각이 점점 커져만 갔다.

경력 공백이 걱정되기도 했다. 앞으로도 계속해서 일을 하고 싶어 하는 사람에게 경력 공백만큼 무서운 것이 없다. 아무리 생각해도 정규직인 남편이 계속해서 바깥일을 하며 돈을 벌고, 프리랜서인 내가 살림과 양육을 하는 동시에 바깥일을 하며 겨우 경력을 이어 갈 것 같았다. 일년, 이 년, 삼 년 그리고 십 년 정도가 지난다면? 아이가 열 살쯤 되면 더는 내가 전적으로 돌봐줄 필요도 없는 데다가 엄마보다는 친구를 찾을 텐데. 그때의 나는 과연 어떤 일을 하고 있을까? 아니, 어떤 일을 할 수 있을까? '전업주부 알바'를 검색하며 지난날을 탓하고 있을 것 같았다. 상상하니 눈앞이 깜깜해졌다. 그래, 이건 아니야. 바꿀 수 있을 때 바꿔야 해. 바로 지금!

각오는 됐으니 이제 현실을 따져볼 차례다. A4용지에 '엄마 휴직, 실제로 가능한가?'를 제목으로 크게 써놓고 가능 여부를 조목조목 따져보았다.

남편의 육아 휴직

가능하다. 앞으로의 승진과 경력에 도움이 되지는 않겠지만 미래의 승진보다 지금의 내가 더 중요하기에 문제가 되지는 않는다.

나의 수입

프리랜서 특성상 정기적인 수입은 없겠지만 매달 열심

히 일한다면 3인 가족 생활비 정도는 벌 수 있다. 저축은 못 해도 손가락 빨고 살지는 않는다. 지금 월 50만 원을 저축할지, 아니면 앞으로 월 300만 원을 더 벌지 따져보니 후자가 더 이득이다. 내 경력을 이어 가기 위해 바로 지금 시간을 투자해야 한다.

주양육자가 바뀌면서 생기는 문제

아무래도 아이는 자기와 오랜 시간을 보낸 엄마를 아빠보다 더 좋아한다. 등원 전후 아빠와 둘이 보내는 시간이 조금 걱정되긴 하지만……. 잠깐, 그런데 이게 불가능한 일은 아니잖아? 아빠가 남도 아니고 가족이고 부모인데 뭐가 걱정이지? 아빠는 아이를 부수지 않는다.

'내가 이걸 왜 고민했지?' 싶을 정도로 문제될 것이 하나도 없었다. 엄마 휴직, 가능하다! 시작하자!

2장

—

바깥양반이 되어보겠습니다

'주양육자는 엄마'라는 공식에 반기를 들다

'엄마 휴직'이라는 말은 엄청난 고심 끝에 탄생한 것이 아니다. 지금 내가 원하는 상황을 있는 그대로 표현하기 위해 찾아낸 두 단어를 조합한 말이다. 엄마라는 역할에서 잠시 휴직하겠다는 선언, 엄마 휴직. 엄마 휴직을 위해 무엇을 준비해야 할지 생각해보았다.

'나처럼 엄마 휴직을 한 사람이 분명 있겠지?'

'아빠의 육아 휴직은 들어봤는데 왜 엄마의 휴직은 없지?'

인터넷 검색창에 '엄마 휴직' 두 단어를 넣어봤다. 결과는? 정말 놀랍게도 아무것도 나오지 않았다. '엄마'라는 직업에서 잠시 휴직을 할 수 있다는 생각 자체가 비상식적인가 싶을 정도로 아무런 정보도 찾을 수 없었다. 좋은 엄마가 되는 법을 다룬 육아서는 발에 차일 정도로 넘치는데 주양육자 역할에서 잠시 내려오겠다는 엄마를 위한 책은 하나도 없다니! 엄마 휴직이라는 표현은 "초1에 엄마 휴직 해야 할까요?"라는 질문처럼 '엄마의 육아 휴직'이라는 의미로 사용되고 있었다.

애써 최현아의 《남편이 육아휴직을 했어요》와 박햇님의 《남편이 미워서 글을 쓰기 시작했다》라는 책 두 권을 찾아냈다. 당장 주문해서 한숨에 읽어 내려갔다. 하지만 내 기대와는 거리가 있었다. 《남편이 육아휴직을 했어요》는 말 그대로 육아 휴직을 한 남편과 전업주부 아내가 일 년간 바깥일을 하지 않고 아이들과 시간을 보내는 내용이었다. 남편이 육아 휴직을 한다는 점은 비슷했지만 나는 일 년간 가족과 함께 시간을 보내는 것이 아니라 휴직 전 남편처럼 훨훨 날아 바깥일을 하고 싶었기에 맥락이 달랐다.

《남편이 미워서 글을 쓰기 시작했다》는 전업주부 남편과 바깥양반 아내의 이야기라는 점에서 내 기대와 비슷한 점이 있었지만, 저자의 남편이 전업주부가 된 건 자발적인 선택이 아닌 어찌할 수 없는 상황 때문이었으므로 역시 원하던 내용과 달랐다. 이외에도 아빠가 육아 휴직을 하는 경우는 종종 있었지만, 주양육자이자 전업주부로서 온전히 육아와 살림의 책임자가 되는 경우는 없었다.

아무리 찾아도 내가 원하는 정보는 없었다. '내가 원하는 것이 그렇게 비현실적인가? 그렇게 말도 안 되는 건가? 역시 엄마가 주양육자가 되는 게 맞는 걸까?' 생각은 꼬리에 꼬리를 물고 이어졌고 점점 내 선택을 자책하게 되었다. 엄마 휴직이고 뭐고 역시 '주양육자는 엄마'라는 공식을 벗어날 수는 없는 걸까 고민하며 머리를 쥐어뜯었다. 엄마 휴직은 사실 아주 간단하다. 주양육자 역할을 엄마에서 아빠로 바꾸는 것이 시작이자 끝이다. 하지만 실행에 옮기려니 참고 자료가 없었다. 보고 배울 예시가 없었다.

며칠 동안 자책과 실망을 반복하다가 단호하게 마음을 먹었다. '그래, 아무도 없다면 내가 첫 번째로 하면 되는 거 아닌가. 내가 앞으로의 내 삶의 선례가 되자. 성공하면 쾌재를 부르고, 실패하면 훌훌 털고 다시 일어나자! 해보자!' 그렇게 엄마 휴직 준비가 시작됐다. 새 노트 표지에 '2021 엄마 휴직'이라는 제목을 써넣었다.

전업주부의
하루 일과

　　엄마가 맡고 있던 주양육자 역할을 아빠가 해보자는 '엄마 휴직'. 각자 전업주부와 바깥양반이었던 우리 부부는 서로의 역할을 완전히 바꾸기로 했다. 엄마 휴직의 핵심은 둘 중 한 사람이라도 억울해하지 않도록 서로 동일한 책임을 진다는 데 있기에 남편은 육아 휴직을 통해 전업주부이자 주양육자가 되고 나는 바깥양반이 되기로 했다.

　　처음으로 주양육자이자 전업주부가 되는 남편을 위해 '엄마'로서 수행해야 하는 일을 간단히 목록으로 정리해봤다.

집안일

그렇게나 주부로 살기 싫다며 온갖 불평을 하고 있지만, 사실 나는 꽤나 훌륭한 주부다. 집안일도 마치 프로젝트처럼 일정과 원칙, 목표를 정해놓고 정확하게 수행하려 노력한다. 아이를 낳고 주부가 되면서부터 지금까지 단 한 번도 내 원칙을 깬 적이 없다. 내 일을 해보겠다며 집안일을 내팽개치지 않았다. 사실 그래도 됐는데 이상하리만큼 큰 죄책감이 나를 늘 옭아매고 있었고 언제나 완벽한 주부의 모습을 보여주려 심히 애썼다.

청소

이틀에 한 번 청소기를 돌린다. 로봇 청소기를 사용 중이라고 하면 '거, 살림 편하게 하네'라고 생각할 수도 있지만 실제로는 전혀 그렇지 않다. 로봇이 하든 무선 청소기가 하든 결국 청소를 하려면 사람의 손을 거쳐야 하는 것은 마찬가지다. 이틀에 한 번씩 집 안의 모든 물건을 '공중부양'시켜놓고 먼지를 털어낸다. 일주일에 한 번은 물걸레 청소기를 따로 돌린다. 아이가 등원한 후, 잠든 후 매일 두 번씩 아이의 놀이방을 정리한다.

돌돌이 테이프로 먼지를 제거한 뒤 걸레로 매트 위를
닦는다.

빨래

아이가 있어서 젖은 빨래가 많이 나오기에 하루에 한
번씩 세탁기를 돌린다. 주말엔 이불을 포함해 하루에
세 번 빨래를 하기도 한다. 빨래를 꺼내 건조기에 넣고,
깨끗하게 마른 빨래를 개서 옷장에 넣어 두는 것까지가
빨래다. 가끔 드라이클리닝이나 수선이 필요한 옷을 확
인하여 세탁소에 맡기고 찾아온다.

주방일

요리에 드는 노력과 비용에 비해 결과가 영 만족스럽지
않아서 주로 동네 반찬 가게와 온라인 반찬 정기 배송
서비스를 이용한다. 남편이 원한다면 아침에도 국을 데
워 밥상을 차려주고 저녁에도 원하는 메뉴를 준비해서
(주문하든 방문해서 사 오든 밀키트를 조리하든) 차려준다.
물론 아이 식사는 아이 입맛에 맞는 음식으로 따로 준
비한다. 식사 전후로 설거지와 식기 정리는 필수다.

장보기

일주일에 한 번 온라인 장보기 서비스를 이용하고, 이삼일에 한 번 동네 작은 마트에 방문해서 장을 본다. 식재료와 생필품이 떨어지지 않도록 거의 매일 냉장고와 식품 보관함을 확인하고 필요한 물품 목록을 적어 둔다. 남편의 새 양말, 아이의 우유 등 생활에 필요한 모든 물품의 장보기는 주부인 내가 맡고 있다. 남편이 필요한 것을 화이트보드에 써놓으면 내가 확인한 후 구입하는 식이다.

기타

관공서, 은행 업무 등 방문이 필요한 모든 일을 한다. 각종 택배를 주문하고 배송된 택배를 뜯어 정리하는 일도 당연히 나의 몫이다.

늦잠을 자느라 남편의 아침밥을 차려주지 못한 적도 없고(단, 차려 달라고 요청한 경우에만 차려준다) 나가서 동네 엄마들과 커피 마시고 노느라 빨래나 청소를 내버려 둔 적도 없다. "어휴, 나는 대충 보이는 곳만 치우고 살아"라고 말하며 살림에 대한 노고를 스스로 평가 절하해 왔지만,

사실 전혀 그렇지 않았다. 보이지 않는 손이 우리 집을 움직이듯 나는 매일 발을 동동 구르며 화장실 거울의 얼룩을 닦았다. 그것이 주부의 역할이라 생각했다.

양육

완벽한 엄마가 되겠다는 마음은 처음부터 없었다. 다들 "아이에게 미안해 죽겠어. 엄마가 너무 부족해서…… 더 잘해주고 싶은데 그러지 못해서 너무 미안해."라고 말할 때 나는 이렇게 말했다. "나는 하나도 안 미안한데? 지금도 충분히 잘하고 있다고 생각해. 도대체 뭐가 미안해? 어떤 부분이?" 지금까지 해 왔던 것보다 더 잘할 수 있을까? 그런 것이 가능할까? 적어도 나는 그럴 수 없다고 판단했다. 그리고 양육에 대해서는 아래에 정리한 정도면 주양육자로서 충분히 잘하고 있다고 생각한다. 세 살 아이를 키우며 해야 할 일을 간단히 정리해봤다.

어린이집 등·하원 관리와 아이 돌보기

등·하원 전후로 오전 세 시간, 오후 세 시간 동안 아이를 돌본다. 아침에 일어나면 아이를 씻기고 먹이고 입혀서 등원을 시킨다. 어린이집에 가기 싫다고 떼를 쓰면 아이와 함께 동네를 한 시간 동안 산책하다가 겨우 비위를 맞춰 들여보낸다. 하원 후에는 매일 도서관, 마트, 놀이터를 순회하며 놀아준다. 집에 돌아오면 키즈노트와 어린이집 단체 메시지방에 남겨진 선생님의 각종 코멘트와 요구 사항을 확인하고 다음 날 가지고 갈 어린이집 준비물을 가방에 챙긴다.

양육 정보 탐색

발달 시기에 맞는 각종 정보(이유식, 이앓이, 돌치레, 장난감, 책, 기관 정보 등)를 검색하고 정리하여 아이에게 맞춤인 정보를 적용한다. 온라인, 양육 관련 서적, 동네 엄마 커뮤니티 등 정보를 얻을 수 있는 곳이라면 어디를 막론하고 가장 적합한 정보를 찾아내야 한다.

양육 관련 업무

계절과 아이의 사이즈에 맞는 옷과 신발 등을 미리 구입해서 준비하고 작아진 옷들은 나눔을 통해 주기적으로 정리한다. 영유아 검진, 예방 접종 등 아이 건강 관리를 위한 병원 방문 일정을 미리 확인하고 예약한다.

2주에 한 번 구청 장난감 도서관에 방문하여 장난감 두 점을 대여하고 반납한다. 역시 2주에 한 번 도서관에 방문하여 아이 책을 대출하고 반납한다. 한 달에 한 번 도서 전집 대여 사이트에서 빌린 전집을 반납하고 다음 전집을 신청한다.

이런 일들의 핵심은 '아이가 좋아할 만한 것들을 선택하는 것'이다. 내 마음에 드는 걸로 아무거나 빌렸다가는 돈 낭비, 시간 낭비, 정성 낭비로 끝날 가능성이 농후하다. 양육 관련 업무는 육체노동이라기보다는 아이의 기호를 잘 파악하고 광범위한 정보 속에서 최적의 선택을 해야 하는 정신노동이라고 할 수 있다.

처음엔 일자별 체크리스트까지 포함된 보고서 수준의 목록을 만들어 남편에게 정식으로 전달하려고 했다. 하지만 글로 적어 내려가다 보니 이런 생각이 들었다. '그래, 나는 이렇게 일을 했지만 남편은 다르게 하고 싶을 수도 있지. 남편도 나에게 이렇게 해 달라고 요구하진 않았으니 나도 그러지 말자.' 엄마 휴직은 서로 역할을 바꾸는 일이지 내 아바타를 만들어 두고 집을 나가는 일은 아니니까 말이다.

꼭 필요한 정보만 간단히 정리해서 남편에게 메시지로 보냈다. 무겁지 않게 가벼운 느낌으로! 그 안에는 키즈노트와 전집 대여 사이트의 계정처럼 꼭 알아야 할 정보만 포함했다. 청소를 이틀에 한 번 하든 일주일에 한 번 하든 그건 주부가 될 남편의 선택이다. 내 손을 떠난 순간 내 몫이 아니다. 아이가 벚꽃이 흩날리는 봄에 패딩 점퍼를 입고 등원해도 그것은 남편과 아이의 몫이지 내가 왈가왈부할 영역이 아니다.

남편은 자취 경력 십 년의 살림 베테랑이다. 집안일에 대해서는 전혀 걱정하지 않는다. 하지만 주양육자 역할로 육아를 하는 것은 처음이라 조금 걱정되기도 한다. 그래도 지금까지 훌륭한 아빠(부양육자)였으니 잘할 수 있겠지?

자, 이제 내가 나가서 돈을 벌 차례다.

세 식구가 먹고살려면
돈이 얼마나 들까

'얼마를 벌어야 3인 가족이 먹고살 수 있을까?'

아이가 태어나고 남편이 외벌이(전업주부를 직업으로 인정하지 않는 말이지만 이해를 돕기 위해 부득이하게 사용한다)가 되면서 가정 경제가 급격하게 휘청였다. 둘이 벌어 둘이 쓸 때는 한 사람의 수입을 생활비로 쓰고 다른 한 사람의 수입은 그대로 저축할 수 있을 정도로 우리 가정의 경제 상황은 나쁘지 않았다. 둘 다 수입이 많은 편은 아니었지만 대한민국 평균으로 살기에 딱 적당한 정도였기에 큰 불만도 없었다. 하지만 아이가 태어나고 내가 바깥일을 그만두면서 저축 가능한 여윳돈이 가계부에서 완전히 자취를 감췄다.

그러다 우연히 재무 설계 상담을 받게 됐는데 오랜 시간 우리의 이야기를 들으며 적나라한 입출 금액이 나와 있는 통장을 마주한 설계사가 이런 말을 남겼다. "원래는 제가 상담이 끝날 즈음에 저희 회사와 연계된 상품을 소개해 드려야 수익이 나는 건데…… 두 분께는 차마 그럴 수가 없네요. 여기서 더 저축할 여유가 없어요. 지금도 수입 대비 적절한 소비를 하고 계십니다. 앞으로도 지금처럼 생활하시면서 주리 씨의 수익을 올리는 것이 유일한 재테크 방법이 될 것 같습니다."

기분이 묘했다. '낭비하지 않고 잘 살았네요'라는 칭찬을 받은 건가 아니면 '지금까지 뭘 하고 살았길래……?'라는 채찍질을 받은 건가. 남편과 나, 설계사 모두 모호한 표정으로 상담을 마무리했다.

2022년 대한민국을 살아가는 3인 가족(아이 포함)의 평균 생활비는 어느 정도일까? 법으로 정한 최저 생계비는 있지만 평균 생활비는 정확한 수치를 찾을 수 없었다. 맘카페에 "3인 가족 생활비 어느 정도 쓰세요?"라는 질문이 꽤나 많이 올라와 있는 걸로 봐서는 다들 궁금해하는 것 같은데 정확히 말해주는 사람이 없었다. 당연하다. 집마다 수입이 천차만별이고 지출 내역도 다르기에 평균 생활비라는 개념 자체가 있을 수 없는 것이 맞다. 그래서 내가 공개해본다. 평범한 3인 가족의 생활비!

- 서울에서 생활하는 3인 가족(성인 두 명과 세 살 아이 한 명)
- 순수 생활비(고정 지출과 변동 지출 모두 포함)의 월평균으로 계산
- 40만 원이 넘어가는 특별 지출(가전 구입, 여름 휴가 등)과 주택 대출금은 제외

주거비, 식비, 교통비, 통신비, 여가비, 교제비, 생활비, 양육비, 교육비, 용돈, 공공 보험료, 민영 보험료, 저축, 할부금을 모두 포함하니 월 280만 원이 나왔다. 돈 들어갈 곳이 천지인데 여기에 저축이 껴 있다는 게 정말 놀라웠다. 그 말인즉슨 저축액은 거의 없다는 뜻이었다.

설계사의 말이 정말 맞았다. 남편의 월급과 적은 부수입(아동 수당, 간간이 들어오는 내 수입 등)으로 이 정도를 유지하고 산다는 것은 이미 적절하게 소비하고 있음을 의미

했다. 탈탈 털어봐도 나 자신을 위해 사치품을 구입한 영수증은 찾기 힘들었다. 기껏해야 4,100원짜리 스타벅스 아메리카노랄까? 아니면 운동을 시작하며 구입한 29,000원짜리 프로스펙스 운동화?

월 280만 원으로 3인 가족이 생활하려면 선택과 집중을 잘해야 한다. '이번 달만 특별히 이 정도 쓰는 건 괜찮지 뭐'라고 생각하다가는 점점 카드 값에 치여 마이너스 인생을 살게 된다. 우리 가족의 선택과 집중은 다음과 같다.

주 1회 배달 음식과 외식

• 평일 1회 배달 음식, 주말 1회 외식. 평균 2~3만 원대로 메뉴 선택하기

주 2~3회 카페에서 커피 마시며 일하기

• 월 4만 원으로 제한. 주로 저렴한 동네 카페 이용하기

운동은 월 15만 원까지 지출 가능

• 불필요한 운동 용품 구입하지 않기

'뭐야, 꽤 많이 쓰는데? 이렇게 쓰는데 월 280만 원만 쓰는 게 가능하다고?'라고 생각할 수도 있다. 하지만 아래 내용까지 지키면 결코 불가능하진 않다.

생필품 외 사치품(의류, 신발, 가전제품 등) 쇼핑 제한

• 아예 구입하지 않는 건 아니지만, 정말 필요하고 꼭 사고 싶은 마음이 한 달 이상 떠나지 않을 때만 돈을 쓴다.

육아용품 쇼핑 제한

• 옷은 물려받아 입고, 장난감은 중고품을 사거나 구청의 무료 대여소에서 빌린다. 책은 도서관에서 대출하거나 전집 대여를 이용하고 꼭 필요한 경우에만 낱권으로 구입한다.

아무것도 아닌 것 같지만 생각보다 실천하기 어렵다. 아이가 태어나고 생필품 외에 다른 물건을 구입해본 적이 거의 없을 정도로 남편과 나는 '사치품(이라고 쓰기도 민망한 것들)'에 대한 욕구를 억누르며 살았다. 이것이 지금 꼭 필요한가? 없으면 안 되는 이유가 있는가? 이렇게 자문자답하면서, 때로는 서로 날카로운 눈빛을 주고받으면서 각자의 욕구를 억눌렀다. 그랬더니 월 280만 원 지출이 가능했다.

사실 우리보다 적게 쓰는 3인 가족을 찾기는 굉장히 쉽다. 외식과 배달 음식 주문을 전혀 하지 않는 집도 있고,

심지어 도저히 이해는 안 가지만 생필품도 잘 구입하지 않는 집도 봤다. 하지만 우리 부부는 우리 기준에서 최소한의 존엄과 인간다움을 지키며 살기로 했으므로 월 280만 원을 소비하며 살아가고 있다. 2,500원짜리 아메리카노 한 잔을 마시며 한 시간 반 동안 집중해서 일을 할 수 있다면 이 정도 소비는 충분히 가치 있지 않은가?

자, 이 긴 글을 통해 우리 가족이 월 280만 원을 쓴다는 사실을 확인했으니 이제는 내가 280만 원을 벌 차례다. 사실 프리랜서 연극 강사 겸 기획자로 일하면서 월 280만 원을 버는 것은 그다지 어렵지 않다. 오전에는 학교 순회공연을 하고 오후에는 연극 수업을 하고 저녁에는 공연 연습을 하고 주말에 극장 공연을 한다면 월 350만 원 이상도 거뜬히 벌 수 있다. '출산 전까지 그렇게 살았으니 엄마 휴직을 하고 난 뒤에도 그렇게 벌 수 있겠지'라고 생각하며 마음의 준비를 하고 있었는데 갑자기 코로나19가 터졌다. 일 년이 넘도록 사그라질 기미가 보이지 않는다. 어쩌지? 예정됐던 수업과 공연이 줄줄이 취소됐다. 큰일이네, 우리 뭐 먹고살아?

결국 처음 계획과 다르게 남편의 일 년 육아 휴직을 6

개월로 조정했다. 육아 휴직 급여를 월 70만 원 정도 받을 수 있는데, 내 수입이 반의반 토막이 났으니 아무리 계산기를 두드려봐도 월 280만 원의 생활비를 마련하기가 힘들다고 판단했다. 일 년간 원대한 목표를 품고 엄마 자리에서 휴직하겠다고 당차게 선언했는데 현실은 반 토막 난 일 년이었다. 실망감에 한숨이 절로 나왔지만 그래도 세 식구가 손가락 빨고 살 수는 없기에 더는 아쉬워하지 않기로 했다.

월 70만 원쯤 되는 남편의 육아 휴직 급여에 나의 수입 210만 원을 더해 월 280만 원의 생활비를 마련하는 것. 그것이 엄마 휴직의 첫 번째 목표다. 내 꿈? 개인적인 목표? 글 쓰는 사람이 되겠다는 소망? 모든 것은 우리 세 식구가 삼시 세끼 따뜻한 밥을 먹고살 수 있게 된 다음의 일이다. 정신 차리자, 나란 사람아!

남편, 나도 밖에서
일을 하고 싶어

엄마 휴직을 하겠다고 처음 이야기를 꺼냈을 때 남편은 이렇게 말했다.

"꼭 그렇게까지 해야 해? 그냥 내가 퇴근 시간을 조정해서 아이 하원시키면 안 되나? 꼭 내가 육아 휴직을 해야 하는 거야?"

엄마가 된 후 "꼭 그렇게 해야 해?"라는 말을 정말 많이 들었다. 미혼일 때는 어떻게 해서든 성취하는 삶을 살라고 나를 떠밀던 세상이, 내가 엄마가 되자마자 꼭 그렇게까지 해야 하냐며 내 앞을 가로막았다. 열심히 살라고 할 때는 언제고 이제는 내 일을 해보겠다는데도 꼭 그걸 해야 하냐는 말이 따라붙는다. 남편도 나쁜 의도로 그런 말을 한 것은 당연히 아니겠지만 나는 남편 말대로 하다가는 그 끝이 어떻게 될지 너무 잘 알고 있었다. 아무리 퇴근 시간을 조정한다고 해도 남편이 풀타임 직장인인 이상 아이와 관련된 비상 상황에 출동해야 하는 사람은 무조건 프리랜서인 내가 될 수밖에 없을 것이다. 연극 일의 특성상 평일 낮 시간에만 일할 수 없기에 이런 조건에서는 내가 할 수 있는 일이 거의 없다. 남편의 육아 휴직 때문에 수입이 줄어드는 것은 아쉽지만 내가 풀타임 바깥양반이 되려면 어쩔 수 없는 선택이었다. "남편, 나도 당신처럼 나가서 일을 하고 싶어. 아이 등원시키고 난 뒤에 할 수 있는 일 말고, 내가 하고 싶은 일을 우선순위로 선택해보고 싶어." 내가 강력하게 주장하자 남편은 결국 동의했다.

"그래, 해라. 그렇게까지 원하는데 해야지. 이 김에 나도 집에서 좀 쉬고, 하고 싶었던 것도 하고 그래야겠다. 너도 돈 벌 생각 말고 그냥 하고 싶은 거 하면서 편히 보내."

보통 남편들은 이런 상황에서 "그럼 너도 나만큼 돈 벌어 올 수 있어?"라고 유세를 떨겠지만 내 남편은 조금 달랐다. 돈 벌 생각 말라는 그의 말에 "정말? 고마워!"라고 답할 수 없었던 나는 프로불편러일까? 내가 엄마 휴직을 바라는 이유는 단순히 '내가 하고 싶은 것'을 편하게 즐기기 위해서가 아니었다. 남편도 나처럼 주양육자 역할을 맡을 수 있고 나도 남편처럼 바깥양반 역할을 맡아 가족을 경제적으로 부양할 수 있음을 확인해보고 싶어서였다. 집에 돈이 차고 넘쳐 부부가 모두 경제 활동을 하지 않아도 되는 상황도 아니었는데 남편은 왜 나에게 돈 벌어 올 생각은 하지 말라고 했던 걸까. 그때까지도 내 '일'을 단순히 취미나 헛된 욕망으로 보고 있었던 게 아닐까? 나를 사랑하고 아끼기에 내가 힘들지 않았으면 좋겠다는 마음에서 한 말일 거라고 나 자신을 설득해봤지만 성공하지 못했다. 그게 진짜 이유가 아니라는 생각이 자꾸 마음속에 퍼져만 갔다.

덧붙여 주부라는 역할을 남편이 어떻게 생각하는지 듣고 조금 당황했다. 주양육자와 주부가 된다는 것이 '집에서 쉬면서 하고 싶은 것을 할 수 있는 상태'라고 생각하다니? 그래, 그럴 수 있지. 해보지 않았으니까 충분히 그렇게 오해할 수 있다. 엄마 휴직 선언에 남편이 동의하자 나는 다양한 감정을 느끼며 "그럼 우리 계약 성사된 거지?"라고 말하면서 하이파이브를 날렸다. 자꾸만 올라가는 입꼬리를 애써 내렸다. '그래, 우리 남편 하고 싶은 거 다 해! 육아

하고 살림하고 난 뒤에 시간이 남으면 다 해! 꼭! 나는 무조건 돈 벌어 올 거야.' 마음속에 이런 생각이 자꾸 꿈틀거렸다.

"그럼 돈을 누가 벌고? 일할 데는 있어? 아이는 사위 혼자 볼 수 있겠어?" 아마 나 다음으로 세상에서 내 걱정을 제일 많이 해주는 사람이 있다면 바로 친정어머니일 것이다. 어머니 역시 걱정을 속사포같이 쏟아내셨지만 내가 차분히 설명하자 그 걱정을 이내 덮으셨다. "그래, 사위가 몸은 불편하지만 안 될 건 없지. 이제 아이도 많이 컸으니까 괜찮겠다."

남편은 어릴 적 교통사고로 팔 하나, 다리 하나를 절단한 지체장애인이어서 비장애인에 비해 생활하는 데 어쩔 수 없이 많은 어려움이 있다. 하지만 이제 더는 품 안의 아이가 부서질까 떨어질까 걱정하지 않아도 된다. 세 살이 된 아이는 혼자서도 움직일 수 있다. 나의 두 손이 필요했던 신생아 시기가 무사히 지났으니 이제는 남편의 한 손으로도 아이를 잘 돌볼 수 있다. 당연히 힘들긴 하겠지만 불가능한 일은 아니다. 그러니 걱정할 일이 전혀 없다!

"잘해봐. 응원할게. 너 정말 일하고 싶어 했잖아." 나를 잘 아는 사람들은 내가 엄마 휴직을 선언하자 감사히도 응원을 보내주었다. 하지만 간혹 이렇게 말하는 사람들도 있었다.

"꼭 그렇게까지 해야 해?"

"열심히 산다……."

"그래도 결국 네가 다 하게 될걸? 어쩔 수 없이 아이는 엄마를 찾게 되어 있어."

"너 그럴 수 있는 게 행운인 건 알지?"

다들 나를 생각해주는 마음에 이런 말을 건넨다고 스스로 위로했지만, 곱씹어볼수록 이건 나를 위한 말이 아니라는 걸 깨달았다. 이런 말들의 속뜻은 '너 참 유난이다'였다. 남들이 그렇게 사는 데는 다 이유가 있다, 남편이 밖에서 일을 하고 아내가 집에서 육아와 살림을 하는 것은 다 그럴 만한 이유가 있어서다, 다들 그러고 사는데 너 혼자 왜 이렇게 유난이니, 그냥 남들처럼 살아, 괜한 분란 일으키지 말고.

가부장 세대의 마지막 딸로서 수많은 '아들'들과 동일한 교육을 받고 자랐다. 하지만 결혼-임신-출산을 기점으로 하여 내 지난날이 한꺼번에 무너져 내렸다. 공부해라, 대학 가라, 취업해라 잔소리하던 사람들이 모두 동시에 "그래도 애는 엄마가 봐야지"라며 날 비난했다. 이런 상황에서 내가 이렇게 '유난'을 떠는 이유는 단순히 '오빠의 라면'을 끓여주기 싫어서가 아니다. 원한다면 라면에 짜파게티까지 끓여줄 수 있다. 하지만 그 반대의 경우에도 오빠가 나에게 라면을 끓여줄까? 그럴 리 없다. 내가 믿는 페미니즘의 원칙 '여성과 남성의 권리는 동일하다'를 실천하기 위해 나는 엄마 휴직을 선언했다. 이런 유난이라면 얼마든지 떨어도 된다는 마음의 소리에 귀 기울이며 나의 신념을 지키기 위해 행동한다. 앞으로 누군가가 엄마 휴직을 검색해본다면 내 글이 나오겠지? 이것으로 충분하다. 우리는 서로의 삶을 통해 함께 성장한다.

아, 깜빡할 뻔했다. 엄마 휴직이 '행운'이란 말을 반박하고 싶었는데 말이다. 남편이 해고나 좌천의 부담 없이 휴직할 수 있는 직업을 가지고 있다는 것은 (안타깝지만) 대한민국에서는 엄청난 행운이라고 할 수 있다. 그런 부분에서 우리 부부가 운이 좋은 것은 맞다. 하지만 부인이 전업주부이고 남편이 바깥양반인 상황에서도 남편에게 "너 행운이다!"라고 말하는가? 절대 아니다. 오히려 "처자식 먹여 살리느라 네가 고생이 많다"라고 말하며 어깨를 두드려준다. 그런데 왜 부인인 내가 일을 한다고 하니 나에게 "행운이다"라고 말하는 걸까. 원래부터, 당연히 그래야 하는 '엄마'의 역할인 '주양육자 겸 주부'를 남편이 맡아주는 것을 행운이라고 생각해야 하는가? 남편의 너그러움에 감사하며? 남편의 일은 부양이고 나의 일은 취미나 자아실현으로 받아들여지는 이 사회. 참 치사하다. 그래, 여봐란듯이 내가 목표로 한 수입을 꼬박꼬박 다 벌어 오겠다. 세상이 두 쪽 나도 돈을 벌어 오리!

자, 이제 엄마 휴직을 위한 준비가 모두 끝났다. 남편도 설득했고 살림과 양육 모두 남편에게 넘겼으니 드디어 밖으로 나갈 차례다.

3장

경력 단절 엄마,
삼 년 만에 세상으로 나가다

나만의 사무실이
생겼다

아이가 태어나기 전에는 프리랜서로 일하는 내게 집이 곧 사무실이었다. 침대조차 들어가지 않던 작은 신혼집에서도 내 책상만은 어떻게든 지켜냈다. 저렴한 조립식 책상이라 앉을 때마다 삐걱삐걱 소리가 났지만 이만하면 충분했다. 컴퓨터, 파일 꽂이, 공책만 놓을 수 있다면 그 자체로 훌륭한 사무실이었다.

아이가 태어나고 이사를 한 집은 예전 집보다 공간이 여유로워졌지만 내 책상, 내 사무실을 차마 유지할 수가 없었다. 아이는 엄마가 집에서 자신과 놀아주지 않고 다른 일을 한다는 것을 용납하지 않았고 어떻게든 내 책상 위로 올라오고자 발버둥을 쳤다. 아이와 함께 있는 집에서 '일'에만 집중하는 것은 불가능했다. 공간 분리 없이는 결코 '엄마' 역할에서 벗어날 수가 없었다. 남편이 함께 있어도 결국엔 내 옆에만 오려고 하는 아이를 보면서 마음을 정했다. '그래, 돈이 좀 들어도 사무실을 구하자!'

강남의 멋들어진 프랜차이즈 공유 오피스부터 개인이 운영하는 작업실까지 손품을 팔아 정보를 얻을 수 있는 거의 모든 곳을 물색해봤다. 공유 오피스는 특히나 홈페이지에 임대료를 정확하게 게시하지 않은 경우가 많아서 하나하나 전화를 해서 정보를 얻었다. 강남과 종로처럼 회사 밀집 지역에 있는 공유 오피스는 자유석이 월 30만 원대, 1인실이 월 60만 원대였다. 세상에. 나는 단지 매일 출근할 작은 책상이 하나 필요할 뿐인데 이렇게나 엄청난 비용을 지불해야 하다니. 아무리 계산기를 두드려봐도 감당할 수 없는 수준이었다. 서울 외곽에 있는 작은 규모의 공유 오피스는 월 40만 원대였지만 이 역시 나에겐 너무 무리였다. 감사하다는 인사와 함께 전화를 끊으려는데 전화기 너머에서 다급한 목소리가 들렸다.

"잠시만요! 그럼 월 30만 원 정도는 괜찮으세요? 지금 1인실 하나를 누가 임대만 해놓고 사용은 안 하고 있어서요. 한 달에 한 번 확인만 하러 방문하십니다. 여기를 월 30만 원에 저렴하게 쓰게 해드릴 수는 있을 것 같은데…….” 응? 지금 나에게 이중 계약을 하라는 건가? 솔직히 처음엔 솔깃했지만 정확히 3초 뒤에 제정신으로 돌아와 정중하게 거절하고 전화를 끊었다.

아무리 따져봐도 내 수입으로 사무실을 임대하는 것은 무리였기에 내 장기이자 특기인 블로그를 활용해보자는 계획을 세웠다. 집에서 멀지 않은 곳에 굉장히 멋진 인테리어의 공유 오피스가 있었는데 그곳에 자리를 잡을 수 있다면 더할 나위 없을 듯했다. 비용을 지불하고 공유 오피스 내 자유석을 수차례 이용해본 뒤, 정확한 정보와 개인적인 후기를 바탕으로 삼아 블로그 포스트를 몇 번 게재했다. 굉장히 좋은 곳이었는데 후기가 전혀 없어서 내가 쓴 포스트가 반드시 담당자의 눈에 띌 것이라 생각했다. 얼마 후 키워드 검색으로 해당 포스트를 읽은 사무실 담당자와 연락이 닿았다. 우연하게도 담당자는 이미 나를 알고 있었다. 텔레비전에 방영된 <인간극장>과 <휴먼다큐 사랑>뿐만 아니라 유튜브 ‘항승주리’와 블로그 ‘사랑에 장애가 있나요?’까지, 내가 십 년 동안 온라인에 연재했던 콘텐츠들을 꾸준히 지켜봐 온 독자라고 했다. 담당자는 블로그에 개재한 후기 포스트를 보고 나에게 다음과 같은 협업을 제안했다. 임대료 50퍼센트를 할인받는 조건으로 한 달에 한 번 공유 오피스 이용 후기 포스트 작성하기! 고민할 필요가 없었다. 블로그 십 년 차인 나에게 이건 말 그대로 꿀 같은 조건이었다. 정말 그거면 되겠냐고, 더 해드릴 수도 있다고 재차 물어보았지만 돌아오는 답은 "주리 씨가 저희 오피스를 경험해보시고 정말 솔직하게 느낀 그대로를 작성해주셨으면 좋겠어요. 그러면 충분합니다."였다. 그렇게 6개월 사무실 임대 계약서에 사인을 했다. 권 주 리, 내 이름 세 글자가 괜히 멋져 보였다.

사실 프리랜서 연극 강사에게 꼭 사무실이 필요한 건 아니다. 오히려 차 안이나 길 위에서 지내는 시간이 더 길다. 하지만 나에게 사무실이란 단순히 일을 하는 공간이 아니라 '엄마 역할에서 벗어나 출근할 수 있는 곳'을 의미했기에 감회가 새로웠다. 출근 첫날, 집에서 사용하던 데스크톱 컴퓨터를 이고 지고 사무실에 들어섰다. 책상 하나와 작은 서랍장 하나로 꽉 차는 1평 남짓한 사무실에 짐을 풀었다. 남편이 어딘가에서 얻어 온 작은 모니터까지 합쳐서 듀얼 모니터를 설치하고, 책꽂이에 각종 서류들을 꽂았다. 일부러 구입한 아이패드 거치대까지 설치하고 나니 말 그대로 '있어 보이는' 책상이 완성됐다. 판교 IT기업의 베테랑 개발자가 된 느낌이랄까? 현실은 듀얼 모니터로 블로그에 글을 쓰는 작가 지망생이지만 마음만은 회장님이었다. 인생에서 처음 얻은 내 자리, 내 이름이 적힌 사무실. 더는 다음 수업 시간을 기다리며 운동장 벤치에서 시간을 때우지 않아도 된다고 생각하니 괜히 울컥했다.

매일 오전 7시 45분. 남편이 출근하던 시간에 나도 출근을 했다. 강요하거나 지켜보는 사람은 한 명도 없었지만 그냥 매일 같은 시간에 출근을 하고 싶었다. 나가서 무슨 일을 할지 나도 잘 모르지만 일상생활에 규칙을 만들어서 지키고 싶었다. 오전 8시, 사무실 도착. 커피 한 잔을 내려 책상에 앉으면 하루가 시작된다. 이메일을 열어 간밤에 받은 중요한 메일들을 확인해보려 하지만 사실 그렇게 중요한 메일은 없다. "블로그 판매 가능한가요?"나 "먹으면 살이 쭉쭉 빠지는 칼로리 폭파 알약을 협찬해드립니다" 같은 영양가 없는 메일만 가득했다. 그래도 괜찮다. 이제 시작이니까, 앞으로는 분명 아침 8시에 중요한 메일에 답할 일이 생길거야! 반드시 그럴 거야!

좌충우돌
첫 출근기

"정말 죄송한데 저 좀 늦을 것 같아요. 먼저 교실에 들어가 계실래요?"

인형극 배우 팔 년 차. 나에게 해당 공연은 자다가도 벌떡 일어나 대사를 줄줄 읊을 만큼 익숙한 일이었다. 초등학교 순회공연이라 매번 다른 학교를 찾아가야 해서 조금 번거롭지만 크게 문제될 일은 아니었다. 출근 시간은 차가 많이 막히기에 항상 내비게이션이 알려주는 예상 소요 시간보다 두 배 일찍 집을 나섰다. 그러면 대략 공연 시간 30분 전에 도착할 수 있기에 그날도 그럴 거라고 생각했다. 하지만 오산이었다.

임신하면서 이사 온 집 근처에서는 출근 시간에 운전을 해본 적이 전혀 없었던 것이 이 엄청난 사태의 원인이었다. 임신-출산-육아를 했던 지난 삼 년 동안 직장인들의 출근 시간인 오전 7시에서 9시는 나에게 그저 여느 시간과 똑같은 육아 시간이었을 뿐이다. 그래서였을까, 집에서 겨우 5.5킬로미터 떨어진 가까운 학교였는데도 1시간 45분이 걸릴 수 있다는 사실을 전혀 알지 못했다. 서울에 이렇게나 많은 사람이 살고 있다는 걸 그동안 잠시 잊고 있었다. 결국 삼 년 만에 일터에 복귀한 첫날은 타들어 가는 심장과 함께 차 안에서 발을 동동 구르며 시작됐다. 눈앞의 저 다리 하나만 건너면 되는데, 여기만 지나가면 되는데 어쩜 차가 움직일 생각을 안 했다. 차를 버리고 뛰어가는 게 더 빠르겠다고 생각했지만 그러면 내 뒤의 차들은 모두 이 자리에서 꼼짝도 못 할 테니, 양심의 가책을 느끼며 애꿎은 머리카락만 쥐어뜯었다. 결국 "저 좀 늦을 것 같아요"는 "아무래도 1교시 공연은 힘들 것 같아요"로 바뀌었다. 300미터를 한 시간이 넘게 걸려 겨우 통과하고 나서야 차가 움직이기 시작했고, 미친 듯이 달려 학교 운동장에 주차를 하고 다시 미친 듯이 달려 간신히 교실에 도착했다.

"정말 죄송합니다. 정말 죄송합니다. 정말 죄송하니

다." 동료들과 학교 선생님께 사과를 하자마자 바로 공연이 시작됐다. 아무 일도 없었다는 듯 관객들을 맞이하고 활짝 웃으며 인형을 잡았다.

연극 강사로 삼 년 만에 복귀한 첫날이었다. 잘할 수 있을까 고민하며 며칠 동안 계속해서 대본을 읽고 또 읽었다. 머릿속으로 시뮬레이션을 돌리며 지난날의 감을 되찾으려 노력했다. 하지만 1, 2, 3, 4교시에 연달아 진행하기로 했던 공연 중 첫 시간인 1교시 공연이 결국 펑크 났다. 내가 원래 일터에 가끔 늦는 사람이었다면 충격이라도 덜했을 텐데 나는 지난 십 년간 연극 일을 하면서 단 한 번도 수업이나 공연에 늦은 적이 없었다. 항상 지나치게 서둘렀고, 아무도 없는 학교 운동장에서 나 혼자 동료들을 기다리는 게 매일 아침의 일과였다. 그런 내가 복귀 첫날에 공연 펑크를 내다니. 이것이 현실인지 꿈인지 분간할 수 없었다. 하지만 인형극이 시작되자 대체 언제 늦었냐는 듯 능청맞게 대사를 내뱉고 관객들의 반응을 유도해내는 나 자신이 조금 무섭고 웃겼다.

'다시 일을 시작하면 내가 잘할 수 있을까?' '출산을 하면 뇌도 같이 출산한다던데…… 일하다가 머리가 잘 안 돌아가면 어쩌지?' '요즘 들어서 단어도 생각이 잘 안 나는데 대사를 다 까먹으면 어쩌지? 같이 일하던 동료들은 대부분 그만뒀는데…….' '일면식 없는 새로운 동료들과 호흡을 잘 맞출 수 있을까? 다들 이십 대일 텐데 나만 혼자 흰머리에 주름살이 가득한 아줌마라서 웃겨 보이면 어쩌지…….' 지난 삼 년 동안 마음 한구석에 늘 이런 의문이 자리 잡고 있었다.

끝도 없던 고민은 역시 고민일 뿐 아무런 해결책을 제시하지 못했다. 아이를 안고 고민한다고 해서 정수리의 흰머리가 줄어들거나 기억을 전담하는 뇌 부위가 활성화되는 것도 아니니까. 고민을 해결할 수 있는 유일한 방법은 일단 시작해본 뒤 그 결과를 분석하여 다시 시도하는 것뿐! 사실 엄마 휴직을 준비하면서 '내가 어떤 일을 다시 시작할 수 있을까' 하는 생각이 들어 많이 조심스러웠다. 공연이나 수업 의뢰가 오면 조건이 다 맞아도 두려움이 생겨 일을 거절하기도 했다. '내가 과연 잘할 수 있을까?'라고 속삭이는 괴물은 점점 나를 갉아먹었고, 이대로 가다가는 복귀는커녕 그냥 계속 집에서 불평불만이나 하며 남편 바가지를 긁을 것 같았다.

'그래, 잘할 수 있을 거야! 걱정하지 마! 지금까지 널 먹여 살린 일인데! 뭐가 그렇게 두려워? 일단 시작해! 하면서 잘 안 되는 부분은 바꿔 가면 되는 거잖아! 얼른 그 일을 하겠다고 해!' 참기름을 짜내듯 나를 짜내 긍정적인 말을 건져 올렸다.

지난 십여 년 동안 나를 지탱해 온 꽤나 큰 축이었던 연극 강사라는 직업, 그 일을 하며 쌓은 경험과 능력은 놀랍게도 내 몸속 세포 어딘가에 남아 있었다. 모두 먼지처럼 흔적도 없이 사라진 줄 알았는데 생각 외로 온몸 여기저기에 살아 있었다. 그동안 '경력 단절 여성'이라는 이름표가 마치 족쇄처럼 내 손과 발을 묶어 두었던 게 아닐까. '그래, 나는 오래 일을 쉬었으니까 다시 시작하면 잘하진 못할 거야……'라고.

육아하느라 바깥일을 쉴 수밖에 없었던 시간을 꼭 '경력 단절 여성'이라는 삭막하고 몰인정한 단어로 표현해야 하는 걸까? 모든 육아하는 전업주부 엄마들을 한순간에 '집에서 애 보며 노는 사람'으로 만들어버리는 표현. 주양육자와 주부의 시간을 경력으로 인정해주지 않는 표현. 물론 과거에 했던 일과 관련된 경력이 잠시 단절되는 것은 맞지만 그런 상황을 정말로 원하는 여성이 얼마나 되겠는가. 출생률이 계속 떨어진다며 호들갑을 떨고, 대한민국 출산지도(일명 가임기 여성 지도)라는 해괴망측한 것을 만들어낼 시간에 이런 표현부터 바꿨으면 좋겠다. 나는 내 노력이 부족해서 경력이 단절된 게 아니고 아이를 낳고 키우기 위해 잠시 예전의 바깥일을 중단했을 뿐이다. 2021년 11월 서울특별시 성동구에서는 '경력 보유 여성 등의 존중 및 권익 증진에 관한 조례'가 전국 최초로 제정되고 시행되었다. '경력 단절 여성'이란 용어를 '경력 보유 여성'으로 바꾸고 이들이 수행한 돌봄노동을 경력으로 인정해 구청장이 '경력 인정서'를 발급해준다는 내용을 담고 있다. '경력 단절 여성'에서 '경력 공백 여성'을 넘어, '경력 보유 여성'으로 바뀌어 가는 흐름에 박수를 보낸다.

복귀 첫날, 타이어 펑크가 아니라 공연 펑크를 내버렸지만 그래도 이번 경험에서 귀한 것을 배웠다. 사람은 누구나 실수할 수 있다는 것(심지어 나도 약속 시간에 늦을 수 있다는 것), 실수를 했으면 정중하게 사과를 하고 그에 대한 해결 방법을 찾으면 된다는 것. 설사 해결 방법이 없더라도 다시 시작할 수 있다는 것. 학교 선생님이 이해해주신 덕에 공연 스케줄을 다시 조율하고 극단 대표님께 연락을 드려 나의 잘못을 고백하고 팀 동료들에게 식사를 대접하며 사죄를 하는 것으로 일단락된 복귀 첫날. 휴, 차에 토하지 않은 것을 다행으로 여기자.

'대기하는 삶'에서
'계획하는 삶'으로

전업주부 시절 가장 힘들었던 건 '삶의 주체성이 없다'는 느낌이었다. 솔직히 말하면 삶의 주체성이 차고 넘쳤기에 연애를 하고 결혼을 하고 아이를 낳았다. 하지만 육아에 집중하면서 스스로 내린 결정이 아니라 다른 사람을 중심으로 하여 내 하루가 돌아가니 숨이 턱 막혔다. 신생아 육아만 끝나면, 아이가 걸을 수 있게 되면, 어린이집에만 가면 양육자도 좀 편해진다는 선배 부모들의 말을 믿고 또 믿었는데 역시나! 아이 성장과는 별개로 주양육자의 하루하루는 '대기하는 삶'에서 벗어나기 힘들었다. 아침에 일어나 아이를 어린이집에 보내고 주부로서 꼭 해야 하는 집안일을 재빠르게 해놓고 나면 남는 시간은 세 시간 남짓. 그 사이에 무언가를 해보려고 시도하면 할수록 가족 모두가 힘들어졌다. 나는 마음껏 작업할 시간이 부족하니 결과물이 마땅치 않아서 불만, 남편은 그런 내 불만을 받아주는 게 힘들어서 또 불만, 아이는 엄마가 자기랑 충분히 즐겁게 놀아주지 못하니 역시 불만. 나의 하루, 일주일, 한 달, 일 년을 주체적으로 계획하고 그것을 실행할 수 없다는 사실에 좌절했다.

아이가 두 살이 되고 어린이집에 등원하기 시작했을 때 우연히 도서 출간 계약을 하게 됐다. 십 년 넘게 운영 중이던 '사랑에 장애가 있나요?' 블로그를 보고 출판사에서 연락이 온 것이다. 오랫동안 나에게 책을 쓰라고 이야기해온 남편도 응원해주었고 아이가 어린이집에 가니 낮 시간에는 내 마음대로 글을 쓸 수 있을 거라고 생각했다. 그렇게 이미 작가가 된 것마냥 들떠서 너무 빠르게 계약서에 도장을 찍었다.

곧바로 시작된 '전업주부 엄마의 글쓰기 여정'은 시작하자마자 파국으로 치달았다. 블로그 포스팅을 하는 일과 책을 내려고 글을 쓰는 일은 완전히 달랐다. 한 가지 주제로 엮인 글을 수십 장 쓰는 건 정말 자신을 뼛속까지 파

고들어야 하는 일이었다. 오전 10시, 등원 전쟁을 마무리하고 책상에 앉아 뼈를 깎아낼 무기를 들었지만 어느 쪽부터 파내야 할지 감을 잡을 수 없었다. 오른쪽 팔인가? 왼쪽 허벅다리인가? 두 번째 갈비뼈인가? 무기를 들고 서성이다 보니 어느새 오후 3시 25분. 아이를 데리러 가야 할 시간이다. 컴퓨터 화면에서는 여전히 커서만 깜빡였다. 이런 날이 한 달 두 달 반복되면서 스트레스는 극에 달했다. 하루 세 시간 정도면 충분히 멋진 글을 쓸 수 있을 줄 알았는데 나의 깜냥으로는 그럴 수 없었다. 자연스럽게 아이와 남편에게도 스트레스가 옮겨 갔다.

"책 쓰기가 얼른 끝났으면 좋겠다……."

그날도 평소와 똑같은 날이었다. 아이를 어린이집에 보내고 책상에 앉아 엉덩이로 글을 썼다. 하지만 여전히 마음에 드는 글은 나오지 않았다. 그러다 저녁 식사 자리에서 남편이 작게 웅얼거리며 이 말을 했을 때 나는 폭발했다.

"지금 그게 무슨 뜻이야? 나보고 책 쓰라고 한 사람이 누군데?"

"아니, 그런 게 아니라…… 책 쓰는 게 원래 이렇게 힘든 거야? 다들 이렇게 힘들어해?"

"내가 어떻게 알아? 나도 책 처음 써봐."

"나는 그냥 하면 되는 줄 알았지. 네가 너무 힘들어하니까 걱정돼서 그렇게 말한 거야……."

"그럼 그냥 걱정을 해. '주리야 힘들지?'라고 걱정하는 말을 하라고. 책 쓰는 게 빨리 끝났으면 좋겠다는 말은 나를 걱정한 게 아니라 너의 감정을 내뱉은 거잖아. 내가 책 써서 지금 네가 힘들어 죽겠다는 거지? 네가 힘들지 않게 책 쓰기가 빨리 끝났으면 좋겠다는 거지? 그게 지금 이 상황에서 나한테 할 말이야?"

"왜 이렇게 예민하게 굴어. 난 그냥 책 쓰는 게 생각보다 훨씬 어려워 보여서 그런 거야."

"그러니까 그냥 걱정을 하라고. 왜 그런 식으로 말을 해?"

남편에게 이렇게 격하게 반응해본 적이 있었나 싶을 정도로 쉴 새 없이 말을 쏟아냈다. 화가 날수록 더 차분해지는 평소 성격과는 다르게 감정은 더 극으로 치달았다. 응원을 더 받아도 모자랄 판에 이런 반응이라니, 그것도 네가 먼저 책 쓰라고 꼬드겼으면서! 나와 남편의 사랑 이야기가 담긴 글들을 모조리 버리고 싶었다. 쓰레기통에 버려질 뻔한 글들의 멱살을 잡고 이고 지고 끌고 가며 겨우 출간을 마쳤다. 약 7개월 동안 평일 낮 시간을 전부 글쓰기에 바친 결과였다. 있지도 않은 둘째를 출산한 기분이었다. 출간과 출산. 한 글자 차이니 출산으로 생각하기로 했다.

엄마 휴직 후 수업과 공연이 없는 시간에는 전업주부였을 때와 마찬가지로 책상에 앉아서 글을 썼다. 달라진 점이 있다면 글을 쓰는 공간과 시간의 의미였다. 집에서 사무실로, 대기하는 시간에서 내가 계획하는 시간으로! 하원 시간이 다가오지 않기를 바라며 초조하게 뼈를 깎아내는 일은 더는 없다. 오늘, 내일, 일주일, 한 달, 6개월의 계획을 모두 세워놓고 그에 맞춰 여유롭고 주체적으로 글을 쓴다.

살림과 육아를 하고 남은 시간이나 대기하는 시간에 내가 하고 싶은 일을 쫓기며 하는 것과 내가 원하는 때에 계획을 세워서 하는 것에는 정말 놀라운 차이가 있었다. 똑같은 세 시간이라도 결과물이 완전히 달랐다. 바닥에 뒹구는 빨랫감을 애써 무시하지 않아도 되니 글쓰기에 몰입하는 데까지 걸리는 시간이 현저하게 줄었다. 아이가 아파 어린이집에 못 가는 날이 언제 올지 모르니 불안하게 글을 토해내듯 쓰는 순간도 더는 없다. 일주일을 시간 단위로 나눠 원하는 대로 조율하며 천천히 글을 쓴다. 이동하는 시간에는 머릿속으로 글감을 정리하고 앉아 있는 시간에는 그 생각을 엮어 글로 풀어낸다. 이것이 바로 내가 꿈꿔 왔던 글쓰기 환경이었다.

"주리야. 너 요즘 짜증이 줄었어."

엄마 휴직 후 남편이 한 말에 고개를 끄덕였다. 짜증날 일이 딱히 없었다. 일은 열심히 준비한 만큼 성과가 나고, 좋아하는 글쓰기는 마음껏 할 수 있어서 능률이 오르고 내 삶을 주체적으로 계획하고 실행하니 짜증 날 일이 없었다. 주체성, 이렇게 중요한 문제였구나!

전업주부로 돌아가도 이렇게 삶에 주체성을 지니고 글을 쓰며 내 꿈을 펼칠 수 있을까? 뼛속까지 책임감으로 똘똘 뭉친 내가 쌓여 있는 집안일과 육아 잔업을 뒤로하고 일에 몰입할 수 있는 낮 시간을 지켜낼 수 있을까? 이런 의문을 마음속에 품고 일단 엄마 휴직 기간을 충분히 즐기기로 했다. 일해서 돈 벌고, 글 써서 마음 챙기고. 그 두 가지면 충분하다.

인정받고 싶은
마음

　매일 아침 집에서 나와 어딘가로 출근을 한다는 사실은 나에게 다양한 감정을 불러일으켰다. 주부 시절에도 아침 7시부터 밤 10시까지 '집'에 출근해서 '살림'과 '양육'을 주 업무로 삼고 종일 일했지만 딱히 소속감이 들거나 즐겁지는 않았다. 내 돌봄노동이 있기에 가족 모두가 건강하고 무탈하게 살 수 있다는 것은 머리로는 충분히 알고 있었지만 여전히 해소되지 않은 무언가가 늘 마음속에 있었다. '나는 겨우 집에서 밥이나 하고 있을 사람이 아니야'라는 차별적인 생각을 했는지도 모른다. 돌봄노동의 가치를 인정해야 한다고 주장하면서도 나조차 인정하지 못하고 있었다. 그러다 엄마 휴직을 하면서 바깥일을 다시 시작했고 주부와 엄마였을 때와는 사뭇 다른 감정을 느낄 수 있었다. 실로 오랜만에 느껴보는 감정이었다.

삼 년 만에 공연 무대에 배우로 투입됐다. 나보다 열 살 어린 배우들과 한 팀이 되어 말 그대로 구슬땀을 흘리며 한여름을 보냈다. 연극으로 사회생활을 처음 시작했을 때 어디에 가도 내가 막내였는데 출산과 육아를 하고 일터에 돌아오니 어느새 나이 지긋한 중견 배우가 되어 있었다. 동료들이 나를 '주리 언니'나 '주리 쌤'이 아니라 '선생님'이라고 부르는 걸 들었을 때 흔들리는 동공을 숨길 수 없었다. 하지만 무대에 다시 설 수 있다는 기대감이 더 컸기에 나도 모르게 먹어버린 나이 따위에 질 수 없었다. MZ세대 끝자락에 겨우 발을 걸친 1980년대 중반 태생의 젊은 꼰대로서 최대한 동료들과 융화되려 노력하며 연극 연습 기간을 보냈다.

특별한 일이 없는 한 하루 종일 남편이나 아이가 아닌 다른 사람들과는 말을 한마디도 나누지 않는 전업주부의 삶에서, 입에서 단내가 날 때까지 사람들과 대화를 나누고 연극 대사를 읊는 삶으로. 나는 변하지 않았고 역할과 주

업무의 무대가 바뀌었을 뿐인데 이렇게 다른 형태의 삶이 펼쳐질 수 있다니. 매일 정체성에 혼란을 겪었지만 시간이 지나면서 점점 더 바깥양반 정체성에 가까워진 나를 발견했다. 소질도 큰 흥미도 없는 살림이 아니라 내 능력을 발휘할 수 있는 바깥일을 하면서 성취감을 넘어선 쾌락까지 느꼈다. 억울함을 가득 안은 채 쌀을 씻고 밥을 짓던 내가 계획을 세우고 실행하며 목표를 하나씩 달성해 가자 속이 뻥 뚫린 듯 시원해졌다.

물론 바깥일의 특성상 항상 즐겁고 행복할 수는 없었지만 주체적으로 행동할 수 있다는 점은 내 아드레날린을 자극하기에 충분했다. 사실 아동극 배우라는 내 일의 특성상 집에서 아이에게 그림책을 읽어주는 것이나 극장 무대에 올라 관객들 앞에서 연기를 하는 것이나 크게 다르지 않다. 하지만 극장에는 집에서는 느낄 수 없던 성취감이 있었다. 내 아이의 "엄마 최고!"라는 말로는 채워지지 않는, 내 가치와 존재를 공개적으로 인정받고 있다는 쾌락. 그 쾌락은 바깥일을 하며 인정욕의 정점에서 박수갈채를 받는 순간 만끽할 수 있었다. '그래, 내가 원하던 순간이 바로 지금이야!'

살림 솜씨는 없지만 그래도 매일 열심히 했다. 요리에 자신이 없어 반찬 배달과 밀키트를 이용했지만 가족들의 끼니를 놓친 적은 없다. 화장실 타일 사이에 핀 곰팡이를 완벽히 제거하지는 못했지만 그래도 분홍색 물때가 낄 때까지 내버려 둔 적은 없다. 하지만 그 모든 과정을 알아주는 이가 아무도 없었다. 내가 손으로 청소기를 밀든 발로 청소기를 밀든 남편은 알아채지 못했다. 아이도 자신이 좋아하는 된장국만 있다면 엄마가 뭘 하든 신경 쓰지 않았다.

주부의 역할이 원래 그런 것이고 눈에 띄지 않아도 매일 열심히 해야 하는 것이 살림이라며 나를 위로하는 주부 동료들이 있었지만 내 마음 한구석에 자리한 '인정욕'을 완전히 버릴 수는 없었다. 그러다 엄마 휴직을 통해 바깥일을 다시 하게 되자 답답한 채로 정체되어 있던 욕구가 마치 활화산처럼 매 순간 폭발했다. 무대 위에서 관객들의 초롱초롱한 눈빛을 마주할 때, 진행하던 글쓰기 모임이 잘 마무리되고 참여자들의 책이 완성됐을 때, 연극 수업이 너무 좋았다며 내년에도 또 와 달라는 제안을 받았을 때 '인정받았다'는 생각에 심장이 요동쳤다.

남편은 주부로 살아보니 '남들을 신경 쓰지 않고 내가 원하는 대로 살 수 있는 것'이 가장 좋다고 말했다. 맞는 말이다. 앞서 '평가가 없는 유일한 직업' 편에서 언급한 대로 주부는 기본적인 살림만 잘해낸다면 어느 누구에게도 잔소리를 듣거나 지적받을 일이 없다.

하지만 이 말은 동시에 누군가에게 인정받을 기회가 거의 없다는 의미이기도 하다. 아이가 무탈하게 잘 성장하는 것, 남편이 바깥일에 집중할 수 있는 것이 돌봄노동의 보상이라 말하지만 그것은 아이와 남편에게 가는 보상의 결과이지 나 자신을 위한 보상은 아니다. 돈으로라도 보상받을 수 있다면 자의 반 타의 반 괜찮을 텐데 안타깝게도 주부의 노동을 돈으로 교환해주는 곳은 어디에도 없다. 나는 분명 지금껏 최선을 다해 열심히 해 왔는데 그 '열심'을 증명할 기회도 인정받을 방법도 없었다.

'타인'의 인정보다 '자신'의 성취를 더 중요하게 생각하는 단단한 정신을 지닌 남편과는 달리, 나는 삶의 대부분에서 '타인'의 인정을 필요로 한다. 글이 너무 재미있다는 인정, 말을 조리 있게 잘한다는 인정, 일 처리를 꼼꼼하게 잘한다는 인정. 나의 능력을 타인이 인정해줄 때 가장 행복하고 만족스럽다. 만약 내가 남편처럼 스스로 강하게 설 수 있는 정신의 소유자라면 주부의 삶에서도 만족감을 찾으며 행복하게 살 수 있었을까? '그렇다'라고 답하기가 쉽지 않다. 아마 나는 그렇지 못할 것임을 알고 있다.

　　타고난 성향이 있다는 걸 인정하자. 나는 왕이 될 상까지는 아니지만 바깥양반이 될 상이었다. 그동안 잘 누르고 살았다. 장하다!

휴직하고
얼마 벌었냐면요

'경력 단절 여성이 삼 년 만에 복귀해서 월 210만 원을 버는 것이 가능할까?'

엄마 휴직의 첫 번째 목표는 자아실현이 아닌, 월 210만 원을 버는 것이었다. 여기에 남편의 육아 휴직 급여 70만 원을 합쳐 월 280만 원의 생활비를 마련하는 일. 그것이 내가 엄마 휴직을 하는 6개월 동안 가장 최선으로 성취해야 할 목표였다.

삼 년간 경력이 단절되었던 여성이 갑자기 '일'을 시작할 때 현실적으로 할 수 있는 일은 무엇일까? 사실 지금까지 십 년 넘게 프리랜서 연극 강사로 일하면서 따로 취업 준비나 구직을 해본 적은 없다. 직업 특성상 알음알음 해서 소개가 들어오면 상황과 조건을 맞춘 후 수업을 진행했기 때문이다. 일회성 수업일 때도 있고, 일 년짜리 장기 프로젝트일 때도 있다. 하지만 육아로만 삼 년을 보내면서 나는 점점 잊혀 갔다. 첫해엔 "선생님, 올해 수업 가능하시죠?" 하고 묻는 연락이 꽤 왔는데 "죄송합니다. 제가 아이를 낳아서요."라는 답변을 반복할수록 점점 수업을 의뢰하는 연락도 뜸해졌다. 매년 2월에는 그해 수업 일정을 잡아야 하는 담당자들에게 연락이 많이 오는데, 삼 년쯤 지나니 휴대폰이 울릴 일이 없었다. '그래, 어차피 6개월밖에 일을 못 하니…… 연극 강사로 일하면서 생활비를 벌기엔 힘들지도 몰라. 다른 일을 찾아볼까?'

온라인 구직 사이트에 내 조건에 맞는 일자리를 검색해봤다. 평일 오전 9시에서 오후 6시까지 6개월간 일할 수 있는 한시직, 기존 전공과 경력(특수 교육, 연극)을 최대한 살릴 수 있는 조건에서 검색했을 때 가장 많이 나오는 직종은 '학습 매니저'였다. 중·고등학생들이 공부하는 학원에서 특정 과목을 가르치는 것이 아니라 학생들이 일정대로 공부를 잘할 수 있도록 개인별 맞춤 관리를 해주는 업무였다. 일단 평일 오전 9시에서 오후 6시까지가 아니라 오후

2시부터 10시까지 일을 해야 한다는 점에서 더 생각해볼 것도 없이 탈락이었지만, 그나마 내 상황에서 가장 적절한 일이었기에 조건과 대우를 꼼꼼히 읽어보았다. 세후 월 실수령액은 2,194,977원이어서 내가 목표로 하는 210만 원을 아주 살짝 넘었다. 집에서 한 시간 내로 출퇴근을 할 수 있기에 나쁘지 않다고 생각했지만 아무리 따져봐도 일하는 시간대가 맞지 않았다. 평일 오후 2시부터 10시까지라니. 이렇게 6개월을 일한다면 남편은 나를 어떻게 생각할까?

엄마 휴직을 하며 남편에게 '당신이 일하던 시간과 동일한 시간에 일을 하겠다'고 선언했는데, 과연 이 조건을 남편이 받아들일까? 아이가 3시 30분에 어린이집에서 하원할 때부터 밤 10시에 잠들 때까지 남편 혼자서 아이를 돌봐야 한다면 남편의 반응이 어떨까? 잠깐 상상해봤는데 남편의 서슬 퍼런 눈빛이 보였다. 반대로 생각해보자. 만약 남편이 매일 야근을 하고 밤 11시에 집에 들어온다면? 임신 준비를 하기 전 어느 직장에 가야 할지 고민하던 남편에게 강하게 이야기했다. "당신이 좋아하는 지금 일을 앞으로도 계속 하는 거? 아주 좋지. 바람직해. 하지만 아이를 낳았는데도 지금처럼 그 일을 하며 야근과 출장을 밥 먹듯이 한다면 결국 나 혼자 아이를 키우라는 말이잖아? 그럼

난 아이를 낳지 않을래. 나 혼자서 양육을 해야 할 이유가 전혀 없어. 선택해. 아이야, 너의 꿈이야?"

그래, 세 살 아이를 키우는 집중 양육 시기인 지금 아이에게는 가족과 함께하는 시간이 가장 필요하다. 다른 일을 찾아보자고 생각하며 구직 사이트의 창을 닫았다. 이번에는 경력을 기반으로 하는 구직 사이트가 아니라 경력과 무관한 아르바이트 구직 사이트 창을 열었다. 시급 8,720원에서 월급 250만 원까지 다양한 선택지가 있었다. 하지만 내가 원하는 시간대에 일하면서 월 210만 원을 벌 수 있는 직종은 딱 하나였다. 텔레마케터(전화 상담원). 내가 할 만한 일인지 곰곰이 따져봤다. 이 일을 6개월 동안 한다고 해서 앞으로의 내 경력에 도움이 되는가? 전혀 그렇지 않다. 이력서에 쓸 수 없을 정도로 내 전공이나 경력과 아예 무관한 일이다.

그렇다면 남은 조건은 딱 하나. 돈. 월 210만 원을 벌기 위해 내가 할 수 있는 일이 오직 이것밖에 없나? 아니다. 차라리 지난 경력을 살려 프리랜서 연극 강사로 '어떻게든' 일하는 것이 더 적절한 선택이라고 보았다. 그래, 괜히 낯선 분야에서 서성이다가 크게 데이지 말고 원래 하던 일에 다시 도전해서 월 210만 원을 벌어보자!

그래서 나는 엄마 휴직 동안 어떤 일을 해서 과연 얼마를 벌었을까?

연극 강사

가만히 앉아 있으면 아무도 나를 찾지 않는다. SNS에 '연극 강사' '연극 놀이' '연극 수업' 같은 태그를 넣어 나를 홍보할 수 있는 콘텐츠를 업로드하기 시작했다. 예전에는 대부분 소개를 받아야만 일을 할 수 있었는데 요즘은 오히려 담당자(사회복지사, 교사 등)들이 인터넷을 검색해 강사를 섭외하고 있었다. 다행히 삼 년의 공백인데도 지난 경력을 인정해주는 곳들이 있어서 다시 수업을 시작할 수 있게 됐다. 거리가 멀든 수업료가 적든 상관하지 않고 일단 불러주는 곳에는 무조건 출강을 나갔다.

→ 하루 수업 두 번을 기준으로 하여 평균 시급 5만 원 정도를 받는데, 수업을 준비하고 이동하는 시간을 따진다면 그렇게 많다고 할 수 없는 수준이다. 하지만 예전에 하던 일을 다시 할 수 있다는 사실만으로도 감사했다. 보통 일주일에 사흘 정도 수업을 진행했다.

연극 공연과 기획

엄마가 되고 나니 내 꿈과 가정을 양립하는 것은 불가능하다는 걸 깨달았다. 공연 연습을 할 때는 평일과 주말, 낮과 저녁 관계없이 정해진 일정대로 움직여야 하기 때문이다. 동료들의 양해를 구해 평일 낮 시간에 연습을 모두 몰았지만 '나 때문에' 모두를 힘들게 만들었다는 생각이 들어 연습 내내 마음이 불편했다. 동료들뿐만 아니라 남편에게도 미안했다. 공연이 다가오면 어쩔 수 없이 주말과 평일 저녁에도 연습실에 나가야 했기 때문이다. 하지만 남편의 협조 덕분에 큰 무리 없이 공연을 마무리할 수 있었다.

→ 연극 일의 특성상 정확한 시급을 따질 수는 없지만 대략 셈해보니 시급 6,000원 정도가 나왔다. 와, 이건 정말 돈 벌려고 하는 일이 아니라 내가 좋아서 하는 일이구나. 새삼 놀라웠다.

결혼식 사회자

출산 전 약 삼 년 정도 결혼식 사회자로 간간이 일했다. 임신과 출산을 하며 잠시 쉬었던 사회자 일을 엄마 휴직을 하며 다시 본격적으로 시작했다. 예전에 결혼식 사회를 봤던 부부에게 지인을 소개받거나 SNS 홍보 게시글을 보고 연락한 사람들의 의뢰를 받아 한 달에 두 번 정도 사회를 진행했다.

→ 월 50만 원 내외의 수익을 냈다.

콘텐츠 제작(유튜브, 블로그 등)

블로그와 유튜브 방문자의 광고 클릭 수익과 협찬 광고 수익을 합치니 월평균 40만 원 정도의 수익이 났다. 마음으로는 더 많은 협찬 광고 콘텐츠를 제작해 더 높은 수익을 올리고 싶었지만, 그랬다가는 가정에 소홀해질 것이 분명했다. 나는 바깥양반인 동시에 퇴근 후 육아 출근을 해야 하는 부양육자이기도 하니, 수익 창출을 일을 선택하는 최우선의 기준으로 볼 수는 없었다.

기타 수익

간헐적으로 진행하는 강연, 글쓰기 모임, 책 인세 등 비정기적인 수익이 월평균 20만 원 정도 나왔다. 적다면 적을 수 있지만 빡빡한 생활비에 단비처럼 내린 감사한 수익이었다.

엄마 휴직 기간 동안 벌어들인 수입을 정리해보니 월 평균 2,113,000원이 나왔다. 아니? '딱 이 정도만 벌어야지!' 생각한 것도 아닌데 목표치를 정확하게 맞췄다. 솔직히 말하자면 여기서 조금 더 벌 수도 있었다. 하지만 일주일에 세 시간 정도는 온전히 나를 위한 시간으로 빼 두었다. 사무실에 앉아 책을 읽고 글을 쓰는 시간. 운동을 하며 땀을 빼는 시간. 돈벌이는 되지 않지만 나를 채우는 시간이자 행위 자체의 즐거움을 만끽하는 시간! 그 세 시간을 빼는 대신 다른 요일에 더 집중해서 일했다. 프리랜서라서 가능한 나만의 유연 근무제를 택한 것이다.

눈에 보이는 숫자로 엄마 휴직의 결과를 정리하니 이런 생각이 든다. 주양육자이자 전업주부인 '엄마'는 꼭 남편의 수입만큼 돈을 벌 수 있어야 엄마 휴직을 주장할 수 있는 걸까? 육아하느라 생긴 경력 단절을 뛰어넘을 수 있는 여성이 얼마나 될까? 나는 경력 단절을 겪고도 여러 의미로 운이 좋아서 전에 하던 일을 다시 할 수 있었다. 사실 이런 경우는 많지 않다. 대부분의 경력 단절 여성은 그간의 경력을 살릴 만한 일을 찾는 것이 거의 불가능하다. 그 말인즉슨 경력 공백이 없는 남편의 수입만큼 '갑자기' 큰돈을 벌 수 있는 여성은 없다는 것이다.

아이를 기르고 가족을 부양하는 일을 남성과 여성이 동등하게 나눠 해보자는 의미의 엄마 휴직. 이것의 기준을 단순히 눈앞에 보이는 당장의 '수입'에만 둔다면 엄마들은 결코 집 밖으로 나갈 수 없다. 경력 공백 기간 동안 보이지 않지만 가족 모두가 일상을 누릴 수 있었던 건 여성들의 피땀 눈물 덕분이라는 사실을 인정하고 당장 들어오는 수입은 좀 적더라도 앞으로 펼쳐질 가능성을 다시 살린다는 마음으로 엄마 휴직을 지지해야 한다. 엄마 휴직은 여성에게만 도움되는 일이 아니다. 엄마 휴직을 하면서 남성도 '가족들을 먹여 살리느라 어쩔 수 없이 일하는 상태'에서 벗어날 수 있다. 가족 모두를 위한 새로운 도전으로 바라봐야 한다.

4장

우리 집 주양육자는 아빠입니다

전업주부 남편의
우울이 시작되다

나의 엄마 휴직과 남편의 육아 휴직이 시작된 지 사흘째 되던 밤. 출근할 수 있는 사무실이 있다는 즐거움과 내 시간을 온전히 내가 세운 계획대로 쓸 수 있다는 만족감에 입꼬리가 내려오지 않는 밤이었다. 종일 사무실 책상에 앉아 수업 준비와 극단 회의, 글쓰기를 했지만 전혀 힘들지 않았다. 하지만 그날 밤 내 앞에 앉은 남편의 표정은 나와는 사뭇 달라 보였다.

"당신 무슨 일 있어?"

"……나 우울증 걸릴 것 같아. 너무 외로워."

배우자의 입에서 '우울증'이라는 병명이 나오면 일단

걱정부터 들어야 할 텐데 이상하게도 내 입꼬리는 밑으로 내려올 생각이 없었다. 주양육자와 전업주부 역할에 전념했던 삼 년. 거의 한 달에 한 번은 "나 우울해. 집에만 있으려니 막 답답해."라고 넋두리를 했다. 그때마다 남편은 이렇게 말했다. "그럼 내가 어떻게 해줘야 하니? 지금 나갔다 올래? 내가 아이 보고 있을게. 아니면 주말에 혼자 외출하고 올래? 그러면 되겠어?"

아니, 그런다고 해결될 문제가 아니었다. 전업주부 역할을 수행하며 느끼는 우울은 단순히 하루 이틀 외출한다고 해결될 문제가 아니다. 남편이 퇴근하고 육아와 집안일을 더 많이 한다고 해서 나아질 문제가 아니다. 나 자신 그리고 내가 보고 들은 전업주부들의 이야기를 생각해보면 전업주부로 살면서 우울해지는 사람이 많은 이유는 대강 다음 몇 가지로 추릴 수 있을 듯하다.

외로워서

출산과 육아를 하면서 예전에 가깝게 지내던 주변 사람들과 점점 멀어진다. 아이를 키우지 않는 사람들과 공유할 수 있는 부분이 점점 줄어들고, 나중에는 '육아만 하는 주부인 나를 만나서 뭐가 재미있겠어'라는 자책도 생겨난다. 사이가 멀어진 건 누구 한 사람이 잘못해서가 아니라, 삶의 형태가 달라져 생긴 어쩔 수 없는 결과라는 것을 머리로는 알고 있지만 마음으로는 여전히 불편하다. 동네 엄마들을 새롭게 만나보지만 아이와 관련된 이야기만 나누는 게 아니라 속마음까지 터놓을 수 있는 관계가 되는 건 쉽지 않다. 그렇게 하루 종일 가족과 대화를 나눌 때를 빼고는 한마디도 하지 않고 보내는 날들이 늘어 가며 주부는 점점 더 외롭고 우울해진다.

보상 없는 돌봄노동을 매일 반복해야 해서

바깥일을 하고 나면 그 대가로 돈을 받거나 결과물이 남기에 일한 티가 난다. 하지만 육아와 살림이 주가 되는 돌봄노동은 매분 매초를 맨발로 뛰어다녀도 일한 티가 거의 나지 않는다. 남편이 출근하고 아이가 등원한 뒤 정말 열심히 청소를 해도 아이가 돌아오면 집은 아침보다 더 더러워진다. 남편은 그렇게 집이 어질러진 모습만 봐서 내가 매일 얼마나 열심히 청소를 하는지 잘 모르는 것 같다. 별다른 보상이나 인정이 없는 육아와 살림은 주부를 점점 지치고 우울하게 만든다.

나만 뒤처지는 것 같아서

주부의 돌봄노동 없이는 가족들이 지금처럼 건강하고 여유롭게 살아갈 수 없다는 것을 마음으로는 너무나도 잘 알고 있다. 사람을 키워내는 건 세상에서 가장 가치 있는 일 중 하나라고 자신을 설득하지만 바깥일을 하는 주변 사람들과 나를 자꾸만 비교하게 된다. 아이가 어느 정도 크면 나도 다시 사회로 나갈 거라며 다짐해보지만 과연 그때 내가 할 수 있는 일이 있을까 벌써부터 걱정된다. 이전 경력이 먼지처럼 사라져버린 것 같아서, 다시는 나를 찾는 회사가 없을 것 같아서 마음 한편이 초조해진다. 하지만 이런 감정을 느낀다고 해서 바꿀 수 있는 것은 거의 없다.

전업주부가 된 지 사흘 만에 남편이 이런 우울을 느꼈다고 해서 정말 놀랐다. 지난 삼 년간 내가 토로했던 우울을 당신은 딱 사흘 만에 온몸으로 이해하게 됐구나. 역시 백 마디 말보다 한 번의 역할 바꾸기가 서로를 이해하는 데 훨씬 큰 도움이 된다.

우울하다는 남편의 고백에 무슨 말을 해야 할까 고민했다. 하지만 어떤 말을 하더라도 남편이 나에게 했던 "지금 좀 나갔다 올래? 그러면 괜찮겠어?"라는 대답보다 더 적절한 말을 찾기가 힘들었다. 그런 말로는 절대 전업주부의 우울을 해결할 수 없음을 알기에 좀 더 현실적인 답을 조심스럽게 내놓았다.

"전업주부는 일부러 나가서 뭘 하지 않으면 한 달이고 두 달이고 가족 외에는 아무하고도 말 못하고 살 수밖에 없어. 운동을 하든 학원에 다니든 뭐든 해야 해. 사람들이랑 눈인사만 해도 외로움이 덜하다? 어딘가에 속해 있다는 안정감이 들거든. 운동 등록하는 게 어때? 보컬 트레이닝도 받아보고 싶어 했잖아. 뭐든 하고 싶은 거 다 해! 단 월 15만 원 안에서……."

한 달에 15만 원으로 우울을 잠시라도 달랠 수 있다면 그것보다 좋은 방법이 있을까? 남편은 매일 쳇바퀴처럼 돌아가는 외롭고 고립된 전업주부 생활에서 조금씩 다른 길을 찾기 시작했다. 다시 한 번 이야기하지만, 육아 휴직 사흘째 되는 밤이었다. 우울하다는 남편이 조금 안쓰럽고 많이 통쾌했다면 너무 나쁜 아내일까?

덜 완벽한 주부여도
괜찮아

6개월간 임대 중인 사무실 지하에는 크로스핏 체육관이 있다. 회원으로 등록하고 한 달간 열심히 운동해보니 생각보다 훨씬 운동량이 많고 재미도 있어서 남편을 슬쩍 찔러보았다. "당신도 같이 할래? 아이 등원시키고 집에서 바로 출발하면 시간도 얼추 맞아." 처음엔 시큰둥하던 남편은 점점 늘어나는 자신의 뱃살을 마주하며 더는 가만히 있어서는 안 되겠다고 생각했는지 정말 나와 함께 운동을 시작했다.

처음엔 한 시간으로 시작한 운동이 한 달이 지나자 2시간 30분으로 늘어났다. 너무 무리하는 거 아니냐는 내

말에 "언제 또 이런 시간을 누려보겠어? 휴직하고 쉴 때 열심히 해야지!"라며 투지를 불태웠다. 주 5일 오전, 2시간 30분씩의 운동. 남편은 아이가 어린이집에 간 여섯 시간 중에 약 네 시간을 운동과 이동에 투자했다. 게다가 주 1회 보컬 트레이닝도 받기 시작했다. 몇 년 동안 "노래 잘하는 법을 배우고 싶어. 좀만 배우면 나도 잘 부를 것 같은데." 라는 말을 입에 달고 살았던 남편이기에 휴직하고 시간이 있는 김에 원하는 거 다 해보라고 등을 두들겨줬다. 한 사람당 월 15만 원이라는 취미 비용 한계선을 많이 넘었지만 남편이 평일 낮에 자신만의 시간을 언제 누려보겠냐는 생각에 너그러워졌다.

취미 생활을 시작한 후로 남편의 평일 낮 일과가 완전히 변했다. 예전에는 아이가 등원하면 청소, 설거지, 빨래 등 집안일을 먼저 하고 남은 시간에는 텔레비전을 보거나 낮잠을 자며 체력을 회복했다. 요즘은 매일 오전 아이를 등원시키고 바로 체육관으로 향한다. 2시간 30분 동안 땀내 풀풀 나도록 운동을 하고 집으로 돌아와 샤워를 한 후 혼자 간단하게 점심을 먹는다. 그러면 하원 전까지 약 한 시간이 남는다. 그사이 빠르게 집안일을 하는지 아니면 소파에 앉아 짧은 낮잠을 청하는지는 알 길이 없다. 하지만 퇴근 후 마주하는 정신없는 집 안 풍경으로 미루어봤을 때 남편은 집안일에 시간을 적극적으로 투자하지는 않은 것으로 보인다. 취미 생활 시작 전후로 집 안 풍경이 완전히 달라졌다. 아이의 놀이 매트 위에는 며칠 묵은 먼지와 머리카락이 뒹굴었고 개수대에는 아침과 점심에 먹은 설거지가 가득 쌓였다. 내가 가장 참기 어려운 것은 따로 있었다. '거실 테이블 위'에 온갖 택배와 신문, 잡동사니가 늘어가는 것을 볼 때마다 속에서 화가 부글부글 끓어올랐다.

하지만 살림은 주부의 영역이기에 내 생각과 의견을 일방적으로 전달해서는 안 된다. 며칠을 참았는데도 여전히 놀이 매트 위에 뒹구는 먼지와 테이블 위에 쌓인 물건들을 보고 결국 한마디가 튀어나왔다. "남편, 오늘도 많이 바빴나봐?" 사실 마음속에는 "집 꼴이 이게 뭐야? 당신이 집에서 하는 일이 대체 뭐야? 정신이 있어 없어?" 같은 부부 싸움의 도화선이 되는 말이 쌓여 있었지만, 그런 말을 내뱉었다가는 부부 사이에 큰 화가 일어날 것이 분명했으므로 애써 참고 예쁜 말을 찾아냈다.

겉으로는 예쁜 말이지만 그 속뜻이 '집이 좀 더럽네? 청소 왜 안 했어?'라는 걸 남편은 기가 막히게 알아들었다. "운동하고 밥 먹으면 하원 시간이야. 너무 바빠." 알아들었다고 해서 문제가 해결되는 것은 아니다. 남편은 내 말속에 숨은 의도쯤은 가뿐히 튕겨내며, 자신이 낮에 얼마나 바쁜지 나를 설득하려 했다. 물론 전혀 설득되지 않았다. 전업주부가 직업일 수 있는 이유는 주부로서 해야 할 일을 매일 꾸준히, 바깥일을 대하는 태도와 마찬가지로 해낸다는 데 있다고 생각했다. 남편은 그런 '프로 주부'의 태도를 보이지 않았다. 아니, 그런 태도를 지녀야 한다는 생각 자체가 없는 것 같았다. 육아 휴직 전에 남편이 "나도 좀 쉬면서 취미 생활을 즐겨야겠어"라고 했던 말이 그대로 이루어진 것이다.

물론 남편의 하루는 정말 바빴다. 아이가 어린이집에 가 있는 여섯 시간 중 네 시간을 운동하고 이동하는 데 쓰고 주 1회는 보컬 트레이닝까지 받으러 가야 하니 얼마나 바쁘겠는가. 하지만 자신의 취미를 즐기기 전에 해내야 할 살림의 마지노선이 있다고 생각한다. 그 마지노선이 어디인지가 남편과 나의 결정적인 차이였다.

한 달 정도를 참고 또 참다가 결국 속마음을 꾸미지 않고 있는 그대로 남편에게 전했다. "남편. 매트 위도 가끔 청소해야 하지 않을까?" 남편은 "할게, 할게. 할 거야."라고 며칠간 말했지만 결국 하지 않았다. 아이가 잠들고 난 뒤 매트 위에 무릎을 대고 엎드려서 걸레질을 한 사람은 바깥양반인 나였다. 남편은 매트 위의 먼지를 보지 못했던 게 아니라 그 정도 더러운 건 생활하는 데 별 지장이 없다고 생각했던 걸까? 웃음기 없는 얼굴로 남편에게 매트를 닦아 얼룩진 걸레를 보여주었다. 남편은 "다음부터는 진짜 닦을게……." 하고 계면쩍어하며 말했다.

내가 주부였을 때 남편은 나에게 살림을 지적하는 말을 한 적이 한 번도 없었다. '프로 주부'의 자세로 살림에 임했기 때문에 남편이 굳이 지적할 것이 없었다고 적어도 나는 그렇게 믿고 있다. 이틀에 한 번 청소기를 돌리고 매일 빨래를 하고 아침과 점심에 나온 설거짓거리가 많든 적든 저녁 식사 전에는 설거지를 꼭 끝내놓았다. 저녁 설거지는 남편과 하루씩 번갈아 가면서 하기에 퇴근하고 가뜩이나 힘든 남편에게 많은 일을 남겨주고 싶지 않았기 때문이다. 매일 반복하는 살림 외에 눈에 보이지 않는 집안일도 최대한 깔끔하게 하려 노력했다. 그것이 내가 주부라는 직업을 유지하는 방법이라고 생각했다.

아이를 돌보고 시간을 쪼개 내 일을 하면서 살림까지 해내는 매일매일이 가끔 힘에 부쳤지만 그래도 내가 해야 할 일이기에 완벽하게 하려 했다. 아무도 뭐라고 하지 않았지만 스스로 강박이 있었다. '주부라면 이 정도는 해야지!' 하는 강박. 텔레비전, SNS, 건너 들은 이웃집 이야기 속 주부는 항상 깔끔하고 완벽한 '프로 주부'의 모습이었다. 화이트 우드 톤으로 꾸민 주방에서 린넨 앞치마를 두르고 옆머리 한 가닥을 내려서 깔끔하게 머리를 묶은 채 아보카도를 잘라 샌드위치를 만들어 가족의 아침을 챙기는 주부 A. 나도 그들을 따라 아보카도를 구입해봤지만 먹기도 전에 썩어서 몽땅 버려야 했다. 쓰레기통에 이런 비싸고 다루기 어려운 식재료가 버려질 때마다 '프로 주부'가 되지 못했다는 양심의 가책은 더 늘어만 갔다.

하지만 엄마 휴직 후 남편과 내가 역할을 바꾸면서 주부의 역할은 어디부터 어디까지인지 다시 고민하게 됐다. '살림을 잘해내야 한다'는 강박에 얽매이지 않고 상황에 따라 자유롭게 살림을 하는 남편과 그 정반대인 나. 누가 더 옳다고 할 수 있을까? 남편은 매트 위의 먼지를 매일 닦진 않지만 가족의 삼시 세끼를 위해 냉장고 속을 각종 먹을거리로 채워 넣는다. 건조기에서 꺼낸 빨래를 거실 매트 위에 그냥 두지만 어찌 됐든 거의 매일 세탁기를 돌린다. 서랍 속에 잘 개켜 둔 뽀송한 옷을 골라 입는 재미는 느낄 수 없지만 끝내 나는 옷을 하루 더 입어야 하는 일은 없었다. 이렇게 남편은 가족이 살아가기 위해 필요한 최소한의 살림은 항상 해냈다. 남편을 '자기 취미 생활 즐기느라 살림에 소홀한 양심 없는 날라리 주부'라고 할 수 없는 이유다.

주부의 일이나 살림에는 정확한 가이드라인이나 감독관이 없다. 그래서 한없이 편할 수도 있고 한없이 힘들 수도 있다. 전업주부의 역할은 어디까지일까? 가족들이 여기저기 허물처럼 벗어놓은 빨래를 모으거나 집 안 곳곳에 포진한 다 마신 물컵을 치우는 것은 확실히 주부의 일이 아니다. 그건 영유아기를 지난 사람이라면 스스로 해내야 하는 일이다. 즉 개인의 몫이다. 밖에서 돈을 벌지 않는다는 이유 하나로 집 안의 모든 것을 돌봐야 하는 건 아니다. 주부로서 살림을 하고 주양육자로서 육아를 하는 것으로 충분하다. 살림의 세부 사항은 집집마다 다르겠지만 기본적으로 가족 공용 공간을 청소하고 식사를 준비하면 충분하다고 본다.

엄마 휴직이 끝나면 나도 남편처럼 조금 덜 완벽한 주부가 돼보려 결심한다. 매일 집 안을 쓸고 닦아야 한다는 강박을 버리고 그 시간을 내 일이나 취미에 좀 더 여유롭게 투자해보는 것이다. 이틀에 한 번 청소기를 돌리지 않으면 큰일 나는 줄 알고 살았는데 남편을 보니 생각보다 별일은 일어나지 않았다. 그냥 발바닥에 먼지가 더 많이 밟히고 거실 쓰레기통이 가득 차 매번 주방 쓰레기통으로 휴지를 버리러 가야 하는 정도? 불편하긴 하지만 못 견딜 일은 아니다. 그래, 나 스스로 주부의 역할에 지나친 편견과 강박을 지니고 있었는지도 모르겠다. 바깥일을 할 때도 회의 중에 딴생각을 하는데 살림을 할 때만 왜 완벽해야 하는가? 남편이 자유롭게 살림하는 모습을 보며 한 수 배웠다. 내가 그렇게 동동거리며 살지 않아도 세상은 잘 굴러가는구나! 한 박자 쉬었다가 가도 되는구나!

남편, 이제야
내 마음을 이해하는구나

남편의 육아 휴직 두 달 차. '남편이 아이를 잘 돌볼 수 있을까?' '나만큼 꼼꼼하게 집안일을 할 수 있을까?' 마음속에 간직하고 있던 의심을 하나씩 꺼내 따져보기로 했다. 아침저녁으로 남편의 뒷모습과 집을 관찰했다.

주방일

남편은 육아 휴직을 시작하며 냉장고에 붙일 적당한 크기의 화이트보드를 구입했다. '각자 일정을 적는 곳인가? 냉장고 속에 뭐 있는지 적어 두려는 건가?' 내 예상은 빗나갔다. 남편은 일주일 단위로 미리 저녁 식사 메뉴를 정해서 화이트보드에 적어 두었다. 월요일은 볶음밥, 화요일은 생선 구이, 수요일은 돈가스. 게다가 화이트보드 옆에는 아이의 어린이집 식단표도 붙여 두었다. 점심 식사와 저녁 식사 메뉴가 혹시라도 겹쳐서 아직 말을 잘 못하는 아이가 하루 두 끼를 같은 음식으로 먹지 않게 하기 위함이라고 말했다. 놀라웠다. 원래도 요리를 좋아했지만 이렇게까지 세심하게 매일 메뉴를 정하고 실제로 행할 줄은 몰랐다.

청소

이틀에 한 번 청소를 해줬으면 했지만 입 밖으로 내지는 않았다. '알아서 잘하겠지'라고 믿으려 노력했다. 그 결과 우리 집은 어떻게 변했을까? 놀라울 정도로 변한 게 없었다. 남편이 며칠마다 청소기를 돌리는지는 모르겠지만 (굳이 물어보지 않았다) 얼마 만에 돌리든지 간에 아이가 하원하고 집에서 한 시간만 놀면 결국 똑같이 더러워졌다. 내가 그렇게 기를 쓰며 청소했던 바닥이나 남편이 대충 청소하는 바닥이나 별 차이가 없었다. 그래, 이제야 알았다. 남편이 집안일을 하는 나의 노고를 몰라줬던 이유를! 아무리 열심히 해도 아이 키우는 집은 다 거기서 거기였던 것이다. 남편이 일부러 나를 무시하거나 내려다보려 했던 게 아니라 정말 티가 안 나서 몰라준 것이었다. 내 노고가 눈에 보이지 않았을 뿐이었다. 역할을 바꾸니 이제야 남편의 마음이 이해됐다.

사실 남편은 화장실 거울을 닦는 일이나 육아 퇴근 후 놀이 매트 위를 정리하는 일같이 자잘하고 티 안 나는 일은 하지 않았다. 내 눈에는 거울의 얼룩이 '나 좀 지워 달라'고 절규하고 있는데 남편 눈에는 보이지 않는다는 사실이 좀 놀라웠지만 그렇다고 해서 남편에게 얼룩을 닦으라고 요구할 수는 없었다. 내가 놓친 집안일에 남편이 불평불만을 하지 않았던 것처럼 나도 조용히 입을 닫았다. 샤워를 하며 내가 얼룩을 닦았다. 불편한 사람이 해도 될 정도의 일이다.

빨래

매일 빨래를 돌린다는 내 말에 남편은 짐짓 놀라는 듯했다. 그러다 남편이 전업주부가 되자 우리 집은 3인 가족인데 왜 이렇게 빨래가 많냐며, 오늘 아침에도 세탁기를 돌렸는데 왜 벌써 빨래가 이렇게 쌓였냐며 입을 다물지 못했다. 아이 목욕을 시킨 뒤 빨래를 하면 육아 퇴근 후에는 건조기에서 빨래를 꺼내 개어 각자의 옷장에 넣어야 한다. 분명 퇴근을 했는데도 집안일이 끝이지 않는 이 수수께끼를 드디어 남편이 이해하기 시작했다는 사실만으로도 엄마 휴직이 충분히 만족스러웠다. 산더미 같은 빨래를 개고 있는 남편 옆에 슬쩍 앉아 말을 걸었다. "도와줄까?" 남편이 눈을 흘기며 답했다. "도와주다니? 당연히 같이 해야지." 그래, 그게 바로 내 마음이었어!

양육

엄마 휴직을 하기 전 주양육자로 지내는 동안 남편은 나에게 종종 물었다. "왜 이렇게 화가 나 있어?" 그럼 나는 이렇게 답했다. "엄마는 원래 화가 나! 왜 그런지 모르겠는데, 그냥 매일 화가 나!" 도무지 이해할 수 없다는 표정으로 내 눈치를 보던 남편. 그런데 상황이 완전히 바뀌었다. 퇴근하고 집에 돌아오면 남편은 소파에 기대앉아 멍한 표정으로 휴대폰을 바라보고 있고 아이는 텔레비전을 보며 즐거워하고 있다. "왔어? 텔레비전은 방금 틀어준 거야." 묻지도 않았는데 아이의 미디어 시청에 대한 변명 아닌 변명을 하며 나를 무표정하게 바라보는 남편. 이내 휴대폰으로 고개를 돌린다.

육아를 하며 이상하게 화가 많이 났다. 아이를 내 뜻대로 키우겠다거나 좋은 엄마가 되겠다는 생각은 애초에 없었는데도 어쨌든 아이와 일대일로 많은 시간을 보내는 것은 외면하고 싶은 나의 밑바닥까지 들여다봐야 할 정도로 힘든 일이었다. 아이가 어린이집에 가야 엄마가 청소도 하고 일도 할 텐데, 아이는 어린이집에 가기 싫단다. 여기서 분노 수치가 10 올라간다.

겨우 아이를 등원시킨 뒤 난장판인 집을 정리하고 간단한 일을 하고 나면 어느새 하원 시간. 오늘만큼은 아이와 웃으면서 지내고 싶었는데 아이는 어린이집 문을 열고 나오면서부터 나에게 온갖 짜증과 떼를 부린다. 선생님께 웃으며 인사를 하고 난 뒤 어금니를 꽉 깨물면 다시 분노 수치 30 증가. 놀이터에서 두 시간을 뛰어놀고 집에 돌아와서 손을 씻자고 하니 싫다며 도망간다. 깨끗이 청소해 놓은 집에 모래가 날리는 광경을 보며 분노 수치 20 증가. 퇴근한 남편이 "오늘 청소했어?"라고 묻는 순간 분노 수치 30 증가. 애써 차려놓은 밥상을 장난치다가 엎어버리는 아이를 보며 분노 폭발! 수습 불가.

이런 나를 보고 왜 이렇게 화가 나 있냐고 묻던 남편. 주양육자가 되고 나서는 말하지 않아도 예전에 내가 느꼈던 감정을 그대로 느끼고 있는 듯 보였다. "괜찮아? 오늘 아이가 말 안 들었어? 당신 많이 힘들게 했어?"라고 물을 필요도 없다. 휴대폰을 바라보는 눈빛만 봐도 느껴진다. 동지여, 드디어 너도 육아하며 화가 나는구나!

그동안 아무리 설명하고 읍소해도 내 감정을 이해하기 힘들어했던 남편. 완벽한 아빠이자 좋은 배우자였는데도 주양육자이자 전업주부인 내 마음을 온전히 이해하기 힘들어했다. 전업주부라는 역할은 그 정도로 이해받기 어려웠다. 그런데 겨우 두 달이라는 시간 동안 역할 하나 바꿨을 뿐인데 이 정도로 내 감정을 완벽히 이해하다니. 진작 했어야 했다, 엄마 휴직! 남자라서 양육과 살림을 못하는 게 아니었다. 내가 여자라서 잘하는 게 아닌 것처럼 그저 열심히 하면 잘하게 되는 것이었다.

여자라서 잘하는 게
아닙니다

매년 10월쯤 되면 맘카페에 이런 글이 자주 올라온다. "아이가 초등학교 입학할 때 엄마가 꼭 퇴직해야 할까요?"

12시에 하교하는 초등학교 1학년생을 돌보기 위한 방법은 딱 두 가지다. 돌봄교실이나 학원 같은 기관을 이용하거나 돌봄을 전담하는 부모나 조부모나 육아도우미를 옆에 두는 것. 육아도우미를 구하기 어렵거나 아이가 오후 내내 학원을 두세 군데 도는 것을 원치 않는 맞벌이 부모일 경우에는 높은 확률로 '엄마의 퇴직'을 선택하게 된다. 남편과 직급이나 월급이 비슷하더라도 결국 초등학생 아이의 주양육자는 엄마가 되는 현실. 출산과 육아로 1차 퇴직을 한 엄마들에 이어 많은 엄마들이 버티고 버티다 아이가 초등학교에 입학할 때 2차 퇴직을 하게 된다.

주변을 아무리 둘러봐도 아이의 초등학교 입학에 맞춰 남편이 육아 휴직이나 퇴직을 했다는 경우는 없었다. 학교라는 낯설고 큰 사회에 적응하기 위해서는 엄마의 세심한 돌봄이 필요하다는 생각이 만연해 있다. "그래도 아이가 초등학교에 입학할 때는 엄마가 봐줘야죠. 아빠들은 준비물도 제대로 못 챙겨준다니까요." 나름 부부 관계가 평등하다고 생각했던 부부들조차 초등학교 입학이라는 거대한 관문 앞에서는 '여성의 세심함'을 앞세워 성별 분업을 강화하고 있었다.

최성애와 조벽은 《정서적 흙수저와 정서적 금수저》에서 엄마와 아빠는 각기 다른 방식으로 아이들을 키운다고 말한다. 아빠는 아이들에게 의무, 책임, 경쟁 등 생존에 필요한 기술과 가치를 가르치는 반면 엄마는 공감이나 배려 같은 가치를 중시하며 정서적 돌봄을 제공한다는 것이다. 여성은 정서적 돌봄을 중요시하고 남성은 생존과 관련된 문제를 중요시한다고 생각하는 이유가 뭘까? 이런 질문을 던지면 많은 사람들이 이렇게 답한다. "원시 시대에는 남자가 밖에서 사냥을 하고 여자는 집에서 애를 보고 살림을 했잖아. 그러니까 원래부터 남자는 경쟁에 강하고 여자는 돌봄에 강한 거지." 언뜻 들으면 굉장히 논리적인 것 같지만 사실 전혀 그렇지 않다.

여성학자 마리아 미즈는 《가부장제와 자본주의》에서 인류를 생존하게 한 식량 공급은 대부분 남성의 사냥이 아닌 여성의 채집으로 이루어졌다고 말한다. 즉 여성은 원시 시대부터 살림과 육아만 담당해 온 것이 아니라 채집자와 경작자로서 경제적 능력을 발휘해 왔고, 그 과정을 통해 인류가 생존했다고 할 수 있다. '여자와 아이는 남자가 잡아 온 고기를 먹으며 살았다'는 흔한 통념은 틀렸다. 오히려 그 반대다. 그렇다면 여성이 '여성'이라서 잘할 거라는 일상 속 편견에는 무엇이 있을까? 그러한 믿음의 근거는 무엇일까? 임신과 모유 수유 같은 생물학적 차이를 제외하고 근거를 찾아보았다.

양육

세심한 감정 읽어주기, 자상한 태도, 헌신적인 돌봄……
엄마는 아이의 감정에 '항상' 아빠보다 더 적절하게 대

응할까? 신경과학자 다프나 조엘과 과학 전문 저술가 루바 비칸스키는 《젠더 모자이크》에서 인간의 뇌는 여성과 남성의 특성이 섞인 독특한 모자이크 형태로 구성되어 있으며, 여성과 남성이 아이를 돌볼 때 활성화되는 뇌의 패턴은 성별이 아닌 역할(주양육자인가 아닌가)에 따른다고 말한다. 결국 아빠보다 엄마가 아이와의 감정 교류에 더 적합하다는 주장은 성별 고정관념에서 파생된 편견에 불과하다는 것이다. 엄마가 아이와 감정 교류를 더 잘할 수 있는 이유는 단지 엄마여서가 아니라, 엄마가 주양육자 역할을 오랫동안 수행해 왔기 때문이다.

실제로 우리 집에서는 엄마인 나보다 아빠인 남편이 아이와의 감정 교류에 더 적합한 사람이다. 주변 환경에 쉽게 감정이 좌지우지되는 나와 달리 시종일관 목석같은 태도로 삶에 임하는 남편. 아이가 부리는 짜증이 쉽게 사그라지지 않거나 떼를 쓸 때 먼저 아이에게 다가가는 사람은 대부분 남편이다. 내가 아이에게 갔다가는 '여자답게' 아이의 감정을 세심하게 읽어주기는커녕 "지금은 네가 짜증을 부릴 때가 아니고 밥을 먹어야 할 때야"라고 '남자답게' 논리적으로 대할 것이 뻔하다. 이처럼 여자라서 양육에 특화되어 있을 거라는 생각은 완전히 틀렸다. 개인의 성향 차이일 뿐이다.

살림

체계적인 관리, 깔끔하고 세심한 청소……

매트 위의 먼지가 내 눈에만 보이고 남편 눈에 보이지 않는 이유는 뭘까? 남편의 시력이 나빠서가 아니라 매트 위에 앉은 저 작은 먼지 따위는 자신의 삶에 큰 영향을 끼치지 않는다고 판단해서가 아닐까. 마치 자동차 와이퍼가 뻑뻑거리는 소리를 내며 자신을 교체해 달라고 손을 흔들어도 '앞만 보이면 되지 뭐'라고 생각하며 정비소에 가지 않는 나처럼 말이다.

살림에 필요한 능력은 수없이 많지만 그것 역시 양육과 마찬가지로 성별에 따라 결정되지 않는다. 남편은 매트 위의 먼지는 알아채지 못하지만, 냉장고 속에 처박혀 잊힌 식재료들은 기가 막히게 찾아낸다. 십 년이 넘은 자취 생활에서 터득한 생존 기술이다. 아이가 태어나고 내가 주부가 되기 전에는 남편은 요리, 나는 청소를 하며 함께 살림을 해 왔다. 각자의 성향과 선택에 따른 결정일 뿐, 남편이 날 걱정해 '남자답게' 뜨거운 불 앞에 서야 하는 요리를 선택한 것은 절대 아니다.

관계 지향적 일들

아이 친구 관계 관리, 동네 육아 커뮤니티 교류, 어린이집
선생님과 소통……

여성은 남성에 비해 관계 지향적이라고 알려져 있다.
하지만 이 역시 성별에 따른 차이가 아니라 그동안 쌓아
온 경험과 개인의 성향 차이라고 생각한다. "놀이터에 가
면 다 엄마들이야. 그래서 아이랑 나랑 둘이 나가면 나 때
문에 아이가 다른 친구들이랑 못 어울리는 것 같아. 나 혼
자 아빠라서(그러니까 주양육자는 엄마가 되는 게 맞는 것 같
아)……." 하원 후 두 시간 동안 아이와 놀이터에 있다가 온
남편이 조심스럽게 말했다. 나는 의아한 표정으로 답했다.

"여자라고 다른 엄마들이랑 다 친구가 되는 건 아니
야. 놀이터에 있는 어른들이 대부분 여자라서 심리적 거리
가 당신에 비해 가까울 수는 있긴 하지. 하지만 내가 그들
과 친구가 된 건 우리가 모두 여자라서가 아니라 우리가 모
두 아이를 데리고 매일 놀이터에 나오는 주양육자라서야."

여성이 관계 지향적이라서 놀이터에서 친구를 찾을

수 있는 것이 아니라 거의 매일 하원 후 낮 시간을 아이와 함께 놀이터에서 보내기 때문에 서로에게 익숙해진 것뿐이다. '○○ 씨'가 아니라 '○○ 엄마'라는 호칭으로 서로를 부르며 긴 낮 시간을 함께 버티는 동지로서! 육아 휴직 초기에 놀이터에 가는 것을 낯설어했던 남편은 이제 동네 육아 커뮤니티에 아주 자연스럽게 속해 있다. '○○ 엄마'가 아니라 '○○ 아빠'라고 불리는 것 외에는 나와 어떤 차이도 없다. 내 아이, 남의 아이 할 것 없이 모두 함께 뛰놀고 눈치껏 번갈아 가며 간식을 챙긴다. 다른 엄마들과 아이가 말을 안 들어 죽겠다는 푸념도 나누고, 밥 잘 먹이는 방법 같은 육아 '꿀팁'도 주고받는다.

남편은 '여자라서 잘하는 일'이라고 불리는 살림과 육아에 6개월간 매진하며 살아봤다. 앞서 이야기한 대로 집이 조금 어수선해졌을 뿐 우리 가족의 근간을 흔들 만큼 심각한 일은 일어나지 않았다. 처음엔 익숙하지 않아서 잘하지 못했던 일(아이 양치시키기, 아이 옷 입히기, 어린이집 선생님과 소통하기 등)들은 시간이 흐르자 언제 그랬냐는 듯 나와 비슷한 수준으로 해냈다. 정리하면 지금껏 내가 살림과 육아를 잘해냈던 이유는 '여자라서'가 아니라 오랜 시간을 들여 살림과 육아에 정성껏 매진했기 때문이었다. 역할을 바꾼 후 남편도 나처럼 충분한 시간과 정성을 들여 살림과 육아를 하자 "역시 아이한테는 엄마가 필요해" 같은 표현은 우리 집에서 사라지게 됐다.

성별 고정관념이라는 통념에 돌을 던져 파장을 만드는 일. 시작이 어려울 뿐, 일단 시작한 후에는 새로운 시선으로 세상을 바라볼 수 있게 된다. 성별에 따라 역할을 나누지 않는 세상. 내 딸뿐만 아니라 나도 그런 세상에 살기를 바라며 오늘도 열심히 말하고 글을 쓴다.

학부모 단체방의
유일한 아빠

　엄마 휴직 후 주양육자가 엄마에서 아빠로 바뀌었다. 인터넷에서 '주양육자'의 뜻을 찾아봐도 정확한 정의는 나오지 않았다. 사실 주양육자와 부양육자로 나눈다는 것 자체가 어불성설이지만 실제 양육 현장에는 이런 구분이 분명히 있다. 여기서 '주양육자'는 단순히 아이와 가장 오랜 시간을 보내는 사람을 뜻하는 것이 아니라 아이에게 가장 적합한 선택을 주도적으로 하고 아이와 관련한 모든 것을 계획하고 실행하는 사람을 뜻한다. 어린이집 등·하원을 책임진다고 주양육자가 되는 게 아니다. 어린이집 키즈노트에 적힌 공지 사항을 확인하고 다음 날 필요한 물품을 가방에 챙기는 것까지가 바로 주양육자의 역할이다. "여보, 어린이집에서 여벌 옷 좀 보내라던데?"에서 끝나는 것이 아니라, "여보, 어린이집에서 여벌 옷 좀 보내라고 하길래 장롱 속에 있는 바지랑 티셔츠 챙겨서 보냈어"까지 가야 진짜 주양육자 역할을 한다고 말할 수 있다. 물론 양육은 부모가 함께해야 하지만, 현실적으로 둘 중 한 사람이 먼저 양육에 필요한 선택지를 접하고 결정을 내릴 수밖에 없다. 그 사람이 바로 주양육자다.

"저랑 남편은 맞벌이 중이라 주양육자가 따로 없어요. 그럼 성별에 상관없이 평등하게 양육한다고 말할 수 있는 거 아닌가요?" 이렇게 생각할 수도 있다. 하지만 답은 생각보다 금방 나온다. 아이의 어린이집이나 학교에서 급한 연락이 올 때 부모 중 누구에게 먼저 연락이 가는지 생각해보면 된다. 당신은 (부정하고 싶겠지만) 이미 주양육자였을 확률이 높다.

엄마 휴직을 준비하며 마지막까지 고민했던 부분이 있다. 바로 어린이집 학부모 단체 대화방에 나 대신 남편을 들여보내느냐 마느냐! 햄릿의 '죽느냐 사느냐'만큼은 아니지만 '뜨거운 아메리카노냐 아이스 아메리카노냐'만큼은 고민되는 일이었다. '원장님만 가끔 단체 공지를 올리는 방이니까 그냥 내가 있을까? 6개월 뒤에 또 바꾼다고 하기에 민망하니까?' 하는 마음과 '내가 이 방에 남는 한 주양육자는 결국 내가 될 것이다' 하는 마음이 며칠 동안 각축을 벌였다. 그리고 결심했다. 그래! 주양육자가 뭔데? 아이에 관한 일들을 가장 먼저 접하는 사람이잖아? 그럼 당연히 남편이 이 방에 들어와야지!

원장님께 상황을 간단히 설명하고 남편을 그 방에 초대했다. 그리고 나는 과감하게 '방 나가기'를 선택했다. 학부모 단체방이었지만 남편이 유일한 '아빠'였다. 단체 대화방의 여덟 가족 중 다섯 이상이 맞벌이 가정이었는데 아이러니하게도 그곳에는 엄마들만 모여 있었다. 전업주부든 직장인이든 주양육자 역할은 결국 엄마의 몫이었다.

이제 남편은 아이에 관해서는 나보다 먼저, 그리고 더 많이 알고 있다. 처음에 남편은 아이가 좋아하는 그림책부터 우유 브랜드까지 하나하나 나에게 물어보고 확인한 후에 물건을 구입했지만 시간이 지날수록 처음부터 끝까지 혼자서 결정하기 시작했다. 배변 훈련을 시작한 아이를 위해 유아용 변기 커버를 구입하고, 초콜릿 맛 시리얼을 좋아하는 아이를 위해 종류별로 시리얼을 구입해서 아이의 선호도를 시험하는 단계까지 이르렀다. 아이와 관련한 일을 결정할 때 더는 나에게 먼저 묻지 않는다.

물론 아이가 태어나고 처음으로 해보는 주양육자 역할이기에 시행착오가 있을 수밖에 없다. 기저귀를 생각보다 빨리 쓴다는 사실을 깨달은 남편은 어느 날 기저귀 여섯 팩을 한꺼번에 주문했다. 남편, 하나만 알고 둘은 모르는구나. 아이의 배는 생각보다 더 빠르게 통통하게 차오른다는 것을, 네 딸은 유난히 배와 허벅지가 통통하다는 것을, 지금 주문한 기저귀는 한 달도 지나지 않아 작아져서 못 쓰게 될 예정이란 것을. 결국 가위로 허리 밴드를 야금야금 잘라 가며 두 팩을 겨우겨우 사용한 뒤 남은 네 팩은 중고 거래로 저렴하게 팔아야 했다.

"한 팩씩 사면 어느 날 갑자기 사라져 있고, 한꺼번에 사면 금방 작아져서 못 쓰고. 뭐가 이렇게 복잡해? 예측할 수가 없네?" 중고 거래를 하고 온 남편이 어이없어하며 말했다. 맞아. 육아란 게 그래. 분명 정확하게 예측해서 제 나름대로 최선의 선택을 한다고 하는데 결과는 대부분 실패야. 숨이 턱턱 막힐 만큼 예측이 불가능하다는 점이 바로 육아의 어려움이란다. 당신도 드디어 이해하기 시작했구나!

아이와 관련한 모든 것을 주양육자 아빠에게 넘기고

나니 출산 후 처음으로 가벼운 해방감을 느꼈다. 지금까지는 밥을 먹을 때도, 일을 할 때도, 주말에 가족끼리 시간을 보낼 때도 내 머릿속은 항상 아이와 관련된 일들로 가득했는데 이제는 그런 생각에서 벗어나 오롯이 매 순간을 즐길 수 있게 됐다. 나들이를 가서 작아진 아이의 신발을 보면 '신발이 좀 작아 보이는데? 더 큰 사이즈 샌들을 새로 사야 하나? 나이키랑 아디다스는 같은 사이즈여도 왜 직접 신겨보면 크기가 다르지? 온라인에서 사면 또 실패하겠지? 매장 가서 신겨보고 사야 하나? 그럼 만 원 이상 비쌀 텐데. 아냐, 그래도 온라인에서 사이즈를 잘못 주문하는 것보다는 직접 가서 사는 게 낫지?' 같은 생각에 빠지기 일쑤였다. 이제 그러지 않아도 된다. 남편에게 "아이 신발이 좀 작아 보이지 않아?"라고 넌지시 묻기만 하면 되니까 말이다.

이제 신발을 사는 건 주양육자 남편의 검색 능력과 실행력에 달려 있다. 내가 예전에 그랬던 것처럼 검색과 주문(그리고 반품)을 무한히 반복하겠지. 주양육자에서 부양육자가 되고 나니 내게 아이는 잘해내야 할 과제나 목표가 아니라 사랑스러운 아이 그 자체로 다가왔다. 아, 그렇구나. 아빠들이 무조건적으로 아이를 예뻐할 수 있는 이유가 여기에 있었구나. 그냥 예뻐만 해도 되니까 예뻐만 했던 거구나. 아이와 관련한 귀찮고 힘들고 까다로운 선택을 하는 건 모두 주양육자인 엄마가 책임지고 있으니까 부양육 자인 아빠들은 그저 아이를 예뻐만 할 수 있는 거였구나. 그랬네. 그랬어. 그랬구나.

주양육자가 바뀐 내 아이,
어떤 변화가 있었을까

엄마 휴직 세 달째인 어느 날 아침. 평소처럼 분주하게 출근 준비를 하고 있는 나를 바라보며 아이가 시무룩한 표정으로 말했다. "엄마가 일 안 나가면 좋겠다." 순간 가슴이 철렁 내려앉았다. 내 욕심 때문에 아이가 '엄마의 부재'를 너무 많이 느끼는 것 같아서 죄책감이 들었다. 아이를 안아주러 가는 몇 초 동안 '그래, 내가 무슨 부귀영화를 누리겠다고 굳이 엄마 휴직을 해서 아이를 힘들게 하는 걸까. 다 때려치울까……' 하는 생각이 머릿속에 휘몰아쳤다.

복잡한 마음을 안고 출근하는 길. 아이의 말을 곰곰이 따져보았다. '엄마가 일을 안 나갔으면 하는 이유가 뭘까?'

최대한 아이의 입장에서 생각해봤다.

아빠랑 있는 것보다 엄마랑 있는 게 좋아서 → 아빠보
다 엄마가 좋아서

육아 최대의 난제, 도대체 아이들은 왜 아빠보다 엄마
를 더 좋아하는 걸까? 육아는 양보다 질이라고 수많은 육
아 전문가들이 주장하던데, 아빠가 퇴근 후에 집중적으로
놀아주는 시간보다 엄마와 함께하는 일상이 더 즐겁단 말
인가? 나는 남편보다 더 자상하지도 않고, 더 많이 웃어주
지도 않고, 더 큰 정성을 들여 아이와 놀아주지도 않는다.
남편과 내 태도에는 별 차이가 없다. 그런데 왜 아이는 유
독 나를 찾을까.

내 질문에 친정어머니는 쓸데없는 걸로 고민한다는
표정을 지으며 이렇게 말씀하셨다. "엄마가 아이를 낳았
잖아. 열 달 동안 배 속에 품고 있었는데 당연하지!" 남편
은 이렇게 말했다. "나랑 있을 때랑 엄마랑 있을 때랑 아이
표정이 달라. 나랑 있을 땐 되게 차분해. 근데 엄마가 같이
있으면 엄청 흥분하고 즐거워해." 남편의 말에서 차마 말
하지 못한 속마음이 들리는 듯했다. '그러니까 주양육자는

당신이 하는 게 맞지 않을까?' 내 불같은 눈빛 앞에서 남편은 차마 그 말을 내뱉지 못했지만 말 없이도 그 마음이 전해졌다. 어쨌든 주변 사람들의 이야기를 종합해보니 아이가 아빠보다 엄마를 더 좋아할 수밖에 없는 '논리적이고 객관적인 이유'는 없었다. 그냥 모두가 그럴 것이라 생각하고 살다 보니 그렇게 된 것이었다.

자, 그럼 앞의 이야기로 돌아가보자. 아이가 그 말을 내뱉은 이유는 엄마가 바깥일을 해서 자신의 신변에 위협을 느끼기 때문이 아니다. 그냥 태어나서 지금까지 엄마가 옆에 쭉 있어서 그 환경이 가장 익숙하다고 느끼기에 지금의 변화가 낯설다고 말한 것뿐이다. "아빠가 일 안 나갔으면 좋겠어"라는 말을 하지 않은 이유는 태어나서 지금까지 아빠는 늘 아침이면 집에서 나갔다가 저녁에야 돌아와 자신과 한두 시간 놀아주는 사람이었기 때문이다. 어떤 과학적이거나 논리적인 이유로 엄마를 아빠보다 더 좋아해서 아이가 그런 말을 한 것이 아니다.

출근길에 운전을 하며 생각을 정리하고 나니 복잡했던 머릿속이 상쾌해졌다. 동시에 '엄마의 부재'라는 표현을 잠시라도 사용했던 내가 부끄러웠다. 아빠가 일을 하러 나간다고 '아빠의 부재'라는 표현을 사용하지 않는데 왜 나는 자신에게 죄책감을 지우려 한 걸까. 엄마가 없다고 아빠가 아이를 잡아먹거나 발가벗겨 어린이집에 보내는 비상식적인 행동을 할 리는 없는데 말이다. 엄마 휴직을 하고 우리 집에 생긴 유일한 부재는 매달 찍히던 남편의 월급뿐 그 외에는 없다.

이런 죄책감은 모두 '그래도 아이는 엄마가 키워야지'라는 모성 신화를 향한 그릇된 믿음과 집착에서 시작된다. 아이를 두 살부터 어린이집에 보냈다고 하면 남녀를 불문하고 사람들은 나를 책망하듯 이렇게 말한다. "아무리 그래도 세 살까지는 엄마가 키워야 해." 처음엔 정말 그런 줄 알았다. '내가 아이를 너무 일찍 떼어놨나? 나 때문에 아이 사회성에 문제가 생기면 어떡하지?' 등원 전쟁을 하며 겨우 어린이집으로 들여보낸 아이를 얼른 다시 내 품에 안고 싶어졌다(물론 그런 일은 한 번도 일어나지 않았다).

엄마 휴직을 한 후에도 종종 주변 사람들에게 "애는 누가 봐? 애 보고 싶어서 어떡해."라는 말을 들었다. 그럴 때면 마치 내가 모성애가 부족한 무자비한 엄마가 된 것 같았다. "애는 아빠가 잘 보고 있어요"라고 여러 번 말했지만 돌아오는 답은 "그래도 애는 엄마가 봐야 해"였다. 아니, 전문 보육 교사나 아빠 말고 꼭 엄마인 내가 아이를 옆에

끼고 있어야 하는 이유가 대체 무엇일까?

아이를 낳은 엄마들이 수없이 죄책감을 느끼게 만드는 저 말은 대체 어디서 시작된 건지 찾아보았다. "아이는 세 살까지 엄마가 키워야 한다"는 말은 바로 영국 정신의학자 존 볼비가 생후 삼 년 애착 관계의 중요성을 강조하면서 만든 '애착 이론'에 모성 신화가 결합되어 생겨났다. 정신건강의학자 윤우상은 《엄마 심리 수업》에서 볼비는 집단 보육원에서 자란 아이를 대상으로 삼고 연구를 진행했는데, 생후 삼 년 동안 아이와 양육자의 애착 관계가 중요하다는 연구 결과가 오늘날에는 "아이는 세 살까지 엄마가 키워야 한다"는 말로 확대되고 과장되었다고 지적한다.

그렇다. 사실 피곤하고 우울한 엄마에게 24시간 방치되는 것보다 하루 여섯 시간씩 보육 기관에 다니며 전문 보육 교사의 돌봄을 받는 것이 아이의 성장에 훨씬 긍정적인 영향을 끼칠 것이다. 모두가 아는 사실인데도 "그래도 애는 세 살까지 엄마가 봐야 해"라고 말하는 사람들은 대체 어떤 마음에서 그런 말을 하는 걸까? 잠깐씩이라도 아이를 맡길 수 있는 대가족과 마음껏 뛰어놀 수 있는 자연과 언제든지 함께 놀 수 있는 동네 친구들이 있는 상황이거나 집 대문이 항상 열려 있어서 누가 오든 밥을 차려주고 돌봐주던 옛날에는 그런 말이 통했을지도 모르겠다.

아무리 찾아봐도 아빠가 아닌 '엄마'가 반드시 아이를 키워야 아이의 사회성 발달에 좋다는 주장의 논리적인 근거는 없었다. 애착 이론에 대한 오해가 가부장제를 만나 "생후 삼 년간 아이는 엄마가 돌봐야 한다"는 괴이한 주장을 만들어낸 것뿐이었다. 애착 이론의 핵심은 부모(보호자)와 아이의 애착 형성이 중요하다는 것이지, '엄마'와 아이의 애착이 가장 중요하다는 것이 아니다. 즉 엄마든 아빠든 주양육자의 성별과 아이의 성장은 아무런 관계가 없다. 엄마 휴직을 하며 주양육자가 엄마에서 아빠로 바뀐 내 아이. 과연 어떤 변화가 있었을까?

내가 아이를 키우는 태도

자유와 원칙 사이에서 아슬아슬한 줄타기를 하며 아이를 대한다. 직업 특성상 자꾸 아이를 가르치려는 태도가 튀어나와서 연신 자제하려고 노력한다. 위험하거나 남에게 해가 되는 일이 아니라면 일단 하게 내버려 둔다(여름에 부츠를 신거나 겨울에 샌들을 신고 등원하기 등). 오랜 시간 둘이 붙어 있다 보니 가끔 아이에게 짜증을 내기도 한다(양치하자고 열 번 말했는데 죽어도 내 말을 들지 않을 때).

남편이 아이를 키우는 태도

기본적으로 나와 비슷하다. 주양육 기간이 늘어날수록 가끔 협박조로 육아를 하는 모습이 튀어나오기도 한다. 자신의 마음대로 따라주지 않는 아이에게 가끔 협박이 담긴 말을 하는 것을 목격했다. "밥 안 먹으면 벌레가 와서 앙 문대"라며 아이의 행동을 바로잡는다. 나보다 조금 더 원칙적인 듯하지만 나처럼 아이를 감정적으로 대하는 경우는 거의 없다. 화를 내면 냈지 짜증은 안 낸다.

아이의 변화

아이는 주양육자가 누구든 상관하지 않았다. 아빠가 주양육자가 되고 나서 특별히 건강 상태가 나빠지거나 병에 더 자주 걸린 것도 아니었다. 문제가 생겼다고 어린이집에서 호출이 오지도 않았다("엄마가 일을 하니까 아이가 난폭해져서 친구를 자꾸 때려요" 등). 대신 키즈노트에 올라온 아이의 옷차림에서 도무지 조화라고는 찾기 힘든 경우가 있었다. 하지만 조화롭지 못한 옷차림은 아이의 성장에 아무런 방해도 되지 않는다.

주양육자의 성별이 양육에 영향을 끼치는 건 부모가 편견에서 비롯된 죄책감을 스스로 느낄 때뿐이다. 아빠가 주양육자가 되었다고 해서 아이가 폭력적으로 변하거나 자신의 감정을 제대로 표현하지 못하거나 밥을 덜 먹는 일은 없었다. 아이는 자기가 원하는 대로 잘 크고 있었다. 여느 때와 마찬가지로.

—

5장

함께 노를 저어 나아가려면

하고 싶은 일을
한다는 것

주부로 지낸 삼 년간 "일하고 싶어 죽겠어!"라는 말을 입에 달고 살았다. 그렇게 쟁취한 엄마 휴직을 시작하며 치열한 돈벌이 현장에 오랜만에 복귀했다. 평가가 없는 유일한 직업인 전업주부에서 매일 결과물을 평가받는 연극 노동자로 돌아왔다. 수업이 끝나면 종종 불안이 몰려왔다. '거기서 내가 왜 그렇게 했을까? 참여자들 표정이 별로인 걸 보니 재미없었나……'

건설적인 평가를 넘어서 자책을 반복하며 하루하루를 버티는 삶이 이어졌다. 인정받았다는 데서 오는 성취감도 분명 있었지만 솔직히 말하자면 여느 바깥양반들처럼 그렇지 못한 날이 더 많았다. 엄마 휴직 첫 달엔 이 동네에서 제일 행복한 사람이 나라고 자신 있게 말할 수 있었는데 두 달을 지나 세 달째가 되자 거울 속에는 피곤에 찌든 얼굴로 출근을 준비하는 바깥양반 A만 있었다.

'바깥일을 하고 노동에 대한 정당한 대가를 받으면 분명 자아실현에 도움이 될 거야!' 주부와 주양육자로 지내는 시간 동안 마음속에 자리 잡은 억울함 중 하나는 '내가 한 노동으로 돈을 벌 수 없다'는 것이었다. 이미 월 296만 원 이상의 가치를 지니는 주부의 일을 하고 있긴 했지만 내 계좌에 매달 찍히는 월급이 없다는 사실에 스스로 초라해졌다. 그래서 그렇게 바깥일을 하겠다고, 노동해서 정당한 대가를 받겠다고 외쳤는데 막상 노동 현장에 투입되고 보니 '일'은 자아실현과 거리가 있었다.

생활비를 충당할 수 있는 수준의 돈을 벌면 스스로 '경제력 있는 사람'이라는 이름표를 달고 당당하게 어깨를 펼 수 있을 거라 생각했는데 현실은 달랐다. 돈은 돈이고 자아실현은 자아실현일 뿐, 이 둘은 크게 연관이 없었다. 내가 평일 오전 9시에서 오후 6시까지 일하며 돈을 벌 수 있는 일은 공연이 아니라 연극 수업이다. 사실상 수업을 진행하는 일은 자아실현보다는 돈벌이에 가깝기 때문에 일을 하며 자아실현을 한다는 건 불가능한 전제였다.

　내가 좋아하는 연극 일을 직업으로 삼을 수 있음은 상당한 행운임에 틀림없다. 하지만 연극 일을 하더라도 내가 좋아하는 공연만 고집하기는 현실적으로 어렵다. 공연만 해서는 생계 유지가 불가능하고, 평일 저녁 6시에 퇴근해서 가족과 시간을 보내는 것은 더욱 불가능하기 때문이다. 그렇기에 내 상황에 맞게 주로 연극 강사로 일하며 살고 있는데 이것은 자아실현과는 약 150킬로미터 정도 떨어져 있다. 마음만 먹으면 두 시간 정도 달려 도착할 수 있지만, 쉽게 출발하기는 어려운 거리. 딱 우리 집에서 친정까지 거리다. 일 년에 겨우 몇 번 가는 친정처럼 연극 강사 일이 주를 이루는 나의 직업과 자아실현의 거리도 그렇게 가까운 듯 멀다.

　"일을 하며 자아실현을 한다고 느끼나요?" 주변 지인들에게 물었다. 좋아서 하는 연극 일을 직업으로 삼은 집단 A와 평범한(물론 평범해지기가 가장 어렵지만) 직장인 집단 B라는 차이는 있었지만 직업에서 자아실현을 한다는 대답은 거의 나오지 않았다. "……자아실현이 뭐죠?" 가장 공감 갔던 답변이었다. '자아의 본질을 완전히 실현하는 일'이라는 뜻의 자아실현. 도대체 이게 무슨 소리람? 내 자아의 본질이 무엇인지 알고 있다면 이미 그 자체로 자아실현을 하고 있는 것이 아닐까.

글쓰기 플랫폼 브런치 '슬직살롱(슬기로운 직장생활)'의 작가 Daniel은 "직업으로 자아실현을 할 수 있는 사람은 극히 소수이며, 그런 능력자가 아닌 사람들에게 직업과 자아실현은 아무 상관이 없다"라고 말했다. 그렇다면 나처럼 능력도 고만고만하고 기름 부을 열정도 점점 사그라지는 사람은 대체 어떻게 자아실현을 해야 하는 걸까?

전업주부의 사례를 생각해보자. 전업주부와 주양육자로 일하면서 자아실현을 이룰 수 있을까? 가족들을 먹이고 입히고 아이를 보살피면서 행복과 성취감을 느낄 수는 있다. 열심히 만든 저녁 식사를 가족들이 한 톨도 남기지 않고 맛있게 먹었을 때, 어느 날 아이가 먼저 "엄마 사랑해요"라고 말하며 나를 폭 안아줄 때 말로 표현하기 힘든 행복과 성취감을 느낀다. 하지만 그것이 나에게도 자아실현이 될 수 있나? 최신 유행 인테리어로 꾸민 집과 비현실적일 만큼 예쁘게 차려낸 매 끼니를 SNS에 올리며 사람들의 관심과 환호를 받는 인플루언서라면 자아실현이 될 수도 있겠다.

나는 그렇지 않았다. 일단 집을 예쁘게 꾸밀 만한 감

각과 여유가 없었고 대충 냉장고에 있는 반찬을 꺼내 매 끼니를 때우는 입장에서 전업주부이자 주양육자로서 다른 사람들의 인정을 바라는 것은 앞뒤가 맞지 않았다. 아이 옷을 예쁘게 입혀서 사진 한 장 찍어 올리는 일만으로 얼마나 진이 빠지던지. 내 자아실현을 위해 애를 잡는 것 같아서 몇 번 하다가 그만두었다.

전업주부를 정식 직업으로 본다면 결국 바깥일이나 집안일이나 '직업'에서 자아실현을 이루는 것은 어려워 보인다. 생계를 유지하려고 하는 일에서 자아를 실현할 수 없다면 대체 어디에서 실현해야 할까? 자아를 실현하겠다는 생각 자체가 욕심일까? "야, 그냥 남들처럼 살아. 네가 배가 불러서 아직도 그런 말을 하고 있는 거야." 투정 좀 그만 부리라는 듯 웃으면서 돌려 말하는 사람들에게 매번 상처를 받았다.

영화 <82년생 김지영>의 마지막 장면에서 주인공 김지영은 자신의 이야기를 글로 쓰기 시작하고 외부에 기고하면서 그동안 잊고 살았던 자신의 본모습을 조금씩 찾아간다. 마법처럼 '김지영은 원하는 직장에 취업을 하고, 남편과 시간을 나눠 공평한 육아를 하며 행복한 가정을 꾸린다'는 결말은 현 상황에서 결코 이루어질 수 없다. 하지만 자신에게 주어진 상황에서 스스로 바꿀 수 있는 것을 찾아보고 도전해본다는 점에서 내가 그토록 바라던 '자아실현'의 해결책을 조금은 얻을 수 있었다.

엄마 휴직을 하고 바깥일을 하며 돈을 벌면 자아실현을 이루는 충족감을 느낄 수 있을 거라 기대했는데 사실은 그렇지 않았다. 오히려 영화 속 김지영처럼 틈새 시간에 글을 쓰고 운동을 하는 데서 느끼는 충족감이 더 컸다. 브런치에 쓴 글이 조회수 15만 회를 넘겼을 때 내 자아가 폭발하듯 요동쳤다. 어디서 무엇을 하든 눈에 띄는 재능이 있는 사람이 아닌 나에게 결국 직업에서 자아실현을 이루겠다는 소망은 처음부터 잘못된 것이었다.

그래, 자아실현의 본질은 '자신이 진정으로 원하는 일을 하는 것'이다. 여기에 타인의 인정과 환호, 나아가 수익까지 얻게 된다면 더할 나위 없이 만족스럽겠지만 그렇지 못하더라도 괜찮다. 자신이 원하는 일, 좋아하는 일, 즐거움을 주는 일을 스스로 알고 있다는 것만으로도 자아실현의 첫 계단을 밟은 것이다. 남편아, 그동안 미안했다. 사과할게. "너는 밖에서 일하고 돈 벌면서 자아실현도 하고 있잖아!"라고 소리치며 매몰차게 눈을 흘겼던 과거의 내 모습을 잊어줄래? 미안하다. 사랑한다. 하하!

바깥양반과 전업주부,
누가 더 힘들까

"씨××들이 ×나 붙네. 집에나 있을 것이지 왜 이렇게 기어 나와서."

아침 출근길. 사람으로 가득 찬 1호선 지하철이 신도림역을 지날 때쯤 내가 들은 말이다. 처음엔 귀를 의심했다. '그래, 내가 잘못 들었겠지. 상식이 있는 사람이라면 저런 말을 공공장소에서 할 리가 없지.'라고 생각하며 고개를 살짝 저었다. 지하철이 영등포역을 지나며 사람들이 훅 빠지자 그 남자는 조금 더 큰 소리로 욕을 뱉었다. "씨××들이 붙고 지랄이야!"

잘못 들은 것이 아니었다. 그 욕설의 대상은 그 사람

바로 옆에 서 있던 나였다. 여성 혐오가 섞인 욕설을 듣자 분노가 차올랐고 한 소리 할 참으로 그 사람의 얼굴을 똑바로 쳐다보았다. 아, 안 되겠다. 눈빛이 이미 이 세상의 것이 아니었다. 입을 열어 "지금 뭐라고 했어요?"라고 했다가는 출근은커녕 병원 신세를 져야 할 것이 분명했다. 화가 났지만 지하철 칸을 옮기는 것으로 분노를 풀었다. 나는 그날 반드시 일을 하러 가야 하는 '바깥양반'이었기 때문이다.

약 두 시간가량 사람과 욕설에 치이며 겨우 수업할 학교에 도착했다. 오랜만에 복귀한 연극 수업이라 긴장을 많이 했다. 애써 미소를 지으며 처음 만난 학생들과 수업을 시작했는데 느닷없이 눈앞에 별이 보였다. 갑작스럽게 날아온 학생의 주먹에 머리를 맞은 것이다. 특수학교에서 진행하는 수업이라서 간혹 공격 행동을 하는 학생들이 있을 거라고 예상했지만 실제로 첫 수업 시간에 이렇게 강력한 주먹세례를 받을 줄은 몰랐다.

엄마 휴직 후 매일이 이런 날의 연속이었다. 오전 6시 50분. 아이와 남편이 자고 있을 때 혼자 일어나 조용히 출근을 준비하고 집을 나선다. 오늘은 강동구, 내일은 용인, 모레는 인천. 매일 수업 장소와 공연 장소가 바뀌므로 아침마다 내비게이션을 꼼꼼히 살피며 하루를 시작했다. 한시도 앉지 못하는 연극 수업을 하루 다섯 차례 진행하고 나면 다리는 후들거리고 잇몸은 욱신거리고 눈꺼풀은 덜덜 떨렸다. 목에선 쉰 소리를 넘어 쇳소리가 나왔다. 이동 시간이 긴 탓에 매일 점심을 차 안에서 대충 때웠다. 한 손으론 운전대를 잡고 다른 한 손으론 소스가 질질 흐르는 햄버거를 잡고 액셀을 밟았다.

연극 강사, 연극 배우, 결혼식 사회자로 일하며 쉬지 않고 매일 달렸다. 엄마 휴직 전에는 내 시간을 스스로 조절할 수 있는 바깥양반을 꿈꿨는데 휴직 기간이 길어질수록 그런 모습은 온데간데없었다. 삼 년의 공백을 뚫고 월 210만 원을 벌기 위해 닥치는 대로 수업과 공연을 진행했다. 일주일에 세 시간, 운동과 글쓰기를 위해 남겨 두었던 시간은 어느새 공연 관련 회의와 연습으로 꽉꽉 차 있었다. 엄마 휴직의 첫 번째 목표는 생활비를 버는 것이었기에 나만의 시간을 지켜낼 정당한 사유가 없었다.

이렇게 조금은 지겹고 벅찬 일상이 반복되면서 남편을 새롭게 바라보게 됐다. 남편이 바깥일로 돈벌이를 하면서 가끔 지나가는 말로 투덜댄 적은 있지만 진지하게 "더는 못 해먹겠어"라고 말하며 일을 때려치우겠다고 선언한 적은 없었다. 바깥양반으로 복귀한 지 5개월 만에 '하, 그냥 전업주부로 돌아가서 집에서 혼자 커피 한 잔만 하고 싶다……'라는 생각을 했던 나와 달리 남편은 성실하게 본인의 노동에 임했다.

피곤한 하루를 마치고 남편에게 넌지시 물었다. "남편, 일하면서 가장 힘든 점이 뭐였어?" 인간관계가 어렵다거나 원하는 만큼의 결과를 끌어내지 못했을 때 가장 힘들다는 답변이 돌아올 것이라 예상했다. 하지만 틀렸다. 남편은 "내가 좋아하는 일만 해서는 먹고살 수 없다는 게 힘들지"라고 답했다. 맞다. 한 집안의 유일한 바깥양반이 된 순간부터는 하기 싫은 일도 해야 한다. 먹고사는 것을 우선으로 삼고 자신의 취미 활동이나 좋아하는 일은 뒤로 밀어놓게 된다.

'남편이 그동안 별다른 취미 활동도 못하고 집이랑 직장만 왕복하며 얼마나 힘들었을까. 그래, 그동안 정말 고생했다. 내가 6개월간 다시 일해보니 돈을 번다는 건 정말 보통 일이 아니었어……' 남편의 지난 노고에 감사하며 눈가가 촉촉해질 때쯤 갑자기 머릿속에 어떤 생각이 확 스쳐 지나갔다. '잠깐, 이건 전업주부도 마찬가지 아닌가? 정말 자기가 원해서 전업주부(주양육자)가 된 것이 아닌 이상 바

깔양반이나 전업주부나 느끼는 감정은 비슷하지 않나? 나
도 내가 원해서 전업주부와 주양육자 일을 했던 건 아닌
데?' 남편에게 감사하려던 마음이 노선을 휙 틀었다. 그러
고는 다시 원점으로 돌아와 생각했다.

　　많은 사람들이 전업주부의 일에 비해 바깥양반의 일
이 더 힘들다고 생각하는 이유가 뭘까? 전업주부와 바깥양
반의 역할을 돌아가며 충실히 해봤던 내 경험상 두 역할에
는 큰 차이가 있다. 주부는 살림이 하기 싫으면 잠깐이나
몇 시간 혹은 하루 이틀 정도 그 일을 미뤄 둘 수 있다. 밥
하기 싫은 날에는 짜장면을 배달시켜 먹을 수 있고, 청소
하기 싫으면 청소도우미를 모실 수 있다. 아이랑 놀아주기
싫은 날에는 종일 텔레비전을 틀어놓을 수도 있다.
　　솔직해져보자. 다시 한번 이야기하지만 주부는 평가
받지 않는 직업이고 감시하는 사람이 없다. 일을 하달하는
상사도 없다. 오히려 본인이 원하는 대로 일의 양을 조절
할 수 있다. 주부인 남편이 집안 곳곳에 물컵을 며칠씩 놔
둔대도 나는 그것에 옳다 그르다 판단을 내릴 수 없다. 하
지만 바깥일은 다르다. 내가 최선을 다했다고 해도 남들이
틀렸다고 하면 틀린 거다. 특히 나를 고용한 '갑'이 틀렸다

고 하면 완전히 틀린 거다. 내 능력 밖의 일을 하라는 요구를 받아도 못한다고 할 수 없고 일단 해야 한다. 직장에서 잘리기 싫으면 해야 한다. 이것이 가장 큰 차이가 아닐까? 결과와 성과를 중심으로 돌아가는 바깥세상에서 끊임없이 타인의 기대와 요구에 맞추는 일은 육체적으로도 정신적으로도 지치고 고된 일이 분명하다.

다시 돌아온 바깥세상. 하지만 그 고된 밥벌이 현장에서도 잠시 커피 한 잔을 할 시간은 있었다. 하루 종일 오로지 나만 바라보고 내 뒤만 쫓아다니는 사람이 없었다. 화장실 문을 열고 볼일을 보라며 내 다리를 붙잡고 늘어지는 사람도 없었고, 잠시라도 한눈을 팔면 내 머리카락을 휙 낚아채는 사람도 없었다. 바깥세상에는 고된 노동 사이사이에 '잠시' 쉴 시간이 있었다.

하지만 주양육자를 겸한 주부의 삶에는 그 '잠시'가 없다. 특히 보육 기관에 다니지 않는 어린아이를 돌보는 주양육자에게 커피 한 잔은 과한 사치다. 뜨거운 아메리카노가 다 식을 때까지 겨우 한 입은 들이킬 수 있을까. 품에 안아야만 잠드는 갓난아이를 키우며 근 일 년 동안 좀비의 형상으로 살았다. 식탁 위의 커피를 바라보며 침만 줄줄 흘리는 그런 좀비로! 아이가 어린이집에 가면 좀 나아질 줄 알았는데 여전히 비슷했다. 육체적인 피로가 정신적인 피로로 변했을 뿐 대기하는 삶의 형태는 변하지 않았다.

십 년 넘게 연극 강사로 일하며 성실한 노동자로 살아왔다. 자본주의라는 톱니바퀴의 멈추지 않는 작은(굉장히 작아서 잘 보이지도 않는) 부품이 되고자 열정을 쏟았다. 결혼 후 삼 년 동안은 패럴림픽에 국가대표 스노보드 선수로 출전하겠다는 남편의 꿈을 응원하기 위해 외벌이로 가정경제를 책임지기도 했다. 위 세 문장은 내가 밥벌이의 고됨을 모르는 것이 아니라는 길고 긴 설명이기도 하다.

전업주부와 바깥양반 둘로 편을 갈라 삿대질을 하며 "네가 뭐가 힘들다고 그렇게 난리야? 내가 얼마나 힘들게 사는지 알기나 해?" 같은 말로 서로 상처 주고 비난할 필요가 전혀 없다. 가족을 위해 하기 싫은 일도 해야만 하는 바깥양반도, 잠시 미뤄 둘 수는 있지만 살림과 육아를 책임져야 하는 전업주부·주양육자도 똑같이 고된 하루하루를 지탱하며 살아갈 뿐이다. 두 역할을 모두 해보고 나니 뭘 하든 '지금 내가' 하는 일이 가장 힘들었다. 어떤 일이 더 고된지 저울질할 수 없다. 쌀을 살 돈을 버는 바깥양반도, 그 쌀로 밥을 지어 가족을 먹이는 주부도 모두 각자의 자리에서 최선을 다할 뿐이다. 서로 삿대질하기보다 일주일에 한 번씩 바깥양반에게는 하고 싶은 일을 자유롭게 할 수 있는 기회를 주고, 주부에게는 눈치 보지 않고 외출할 수 있는 기회를 주는 게 어떨까. 윈윈!

가족 중 억울한 사람이
없으려면

    남편은 육아 휴직 전 오후 6시 퇴근과 동시에 육아 출근을 해 왔다. 하원한 아이와 지지고 볶고 놀던 나는 남편의 퇴근 시간이 가까워지면 자꾸만 시계를 들여다본다. 집에 도착하기 15분 전쯤 남편에게 전화를 걸어 "어디쯤이야?" 하고 위치를 묻는다. 매일의 퇴근길이 뭐 얼마나 다르겠냐만은 그래도 늘 전화를 한다. 도착하기 십 분 전이 되면 슬슬 엉덩이를 들썩이다가 현관 비밀번호가 삑삑 눌리는 소리가 들리면 "아빠 왔다!" 소리를 치며 만세를 부른다. 종일 떨어져 있던 남편이 너무 보고 싶어서가 아니라 잠시라도 아이와 떨어져 혼자 있고 싶어서다. 퇴근한 남편은 손을 씻고 옷을 갈아입자마자 아이의 손에 이끌려 끝나지 않는 빠방 놀이와 숨바꼭질의 세계로 초대되고, 나는 그 사이 잠깐 휴대폰으로 쓸데없는 것을 보다가 주방으로 들어가 저녁 식사를 준비한다. 이것이 우리 가족의 평일 저녁 일상이었다.

"힘들게 일하고 퇴근한 남편한테 적극적으로 육아나 집안일을 시키는 게 좀 미안해요. 얼마나 힘들겠어요." 솔직히 아이를 낳기 전에는 나도 이렇게 생각했다. 바깥일이 집안일보다 더 힘들다는 통념이 마음속에 어렴풋이 있었다. 가부장제가 살아 있는 집안에서 자란 둘째 딸이자 무고추2로서 그것이 맞다고 배워 왔다. 하지만 출산 후 산후조리원에서 집으로 돌아오자마자 지금까지 완전히 잘못 생각해 왔다는 걸 깨달았다. 살림과 육아를 하는 주부는 출근과 퇴근이 없는 24시간 무상 노동을 반복하고 있었다. 상상해보자. 바깥양반 남편이 퇴근 후 거실 소파에 앉아 휴식을 취할 때 주부 아내는 아이들을 씻기고 저녁 식사를 준비하며 계속 일하는 장면을. 무언가 이상하지 않나? 가족 중 억울한 사람이 있다면 언젠가는 그 억울함이 곪아 터지게 된다.

가족 중에 억울한 사람이 없어야 한다고 생각했으므

로 나는 남편에게 퇴근 후 육아 출근을 정당하게 요구했다. "내가 종일 아이랑 있었으니 당신은 퇴근하고 아이를 봐줘. 저녁 차리고 정리하는 건 내가 할게. 공평하지?" 남편은 처음엔 초보 아빠 티를 팍팍 내며 무엇을 어떻게 해야 하는지 몰라 조금 헤맸지만, 시간이 지나자 아주 능숙하게 아이와 놀아주기 시작했다. 보통 남편에게 "아이 좀 봐줘"라고 하면 정말 아이를 눈으로 지켜만 본다는 우스갯소리가 있던데 우리 집에는 그런 일이 일어날 수 없다. 그랬다가는 나의 매서운 눈빛에 맞아 뼈도 못 추릴 테니 말이다.

엄마 휴직을 하고 남편과 내 역할이 완전히 바뀌었다. 아침 일찍 집을 나와 종일 일을 하다가 퇴근 후엔 두 번째 출근을 시작했다. 말로만 듣던 육아 출근. 처음엔 겁도 없이 이렇게 생각했다. '아이가 얼마나 예쁜데. 종일 떨어져 있었으니 저녁에는 옆에 꼭 붙어 있어야지.' 일이 많지 않았던 엄마 휴직 초기에는 정말 그랬다. 퇴근 후 현관문을 빼꼼 열면 나를 향해 두 팔을 벌려 달려오는 아이가 그렇게 예뻐 보일 수 없었다. 신발을 허공에 벗어던지며 집 안으로 들어가 아이를 한껏 안고 서로 볼을 비비면 세상에 부러울 것이 없었다.

하지만 점점 일이 늘어나고 일하는 강도가 세지면서

육아 출근이 슬슬 부담스러워지기 시작했다. 땀으로 속옷까지 다 젖을 만큼 힘들었던 날에는 퇴근 후 아이와 부둥켜안기보다는 먼저 혼자 천천히 샤워를 하고 싶었다. '하, 남편이 아이랑 놀이터에서 더 오래 놀고 들어왔으면 좋겠다. 나 혼자 집에서 딱 한 시간만 쉬고 싶다.' 물론 슬프게도 대부분 헛된 꿈으로 끝났다.

집으로 향하는 퇴근길. 아이가 너무 보고 싶지만 현관문을 열었을 때 아이가 잠들어 있으면 좋겠다는 생각을 하는 내가 너무 못된 엄마일까? 아니면 너무 솔직한 엄마일까? 말도 안 되지만 가끔은 이런 생각도 한다. 저녁 내내 남편이 아이랑 놀아주고, 샤워도 해주고, 저녁도 차려주고, 설거지도 해주고, 재워주기까지 해줬으면 좋겠다는 헛된 생각. 나는 소파에 비스듬히 누워 살얼음이 떠 있는 맥주 한 캔을 꼴깍꼴깍 비워내며 아이와 남편의 아름다운 저녁 일상을 그저 지켜보는 거다. 상상만으로도 짜릿할 만큼 즐거워진다. 비록 다음 날 집에서 쫓겨나겠지만⋯⋯. 그렇다고 아이와 보내는 시간이 몸서리칠 만큼 싫거나 괴로운 건 아니다. 그저 피곤할 뿐이다. 출퇴근만 해도 피곤한데 다시 또 육아 출근이라니. 하루를 두 번 사는 느낌이다.

프리랜서라는 직업 특성상 매일 일정이 다르고 출퇴근 시간이 불규칙하다. 갑작스럽게 일정이 바뀌어서 한 시간 일찍 퇴근을 하게 된다면? 한 시간이라도 짧게나마 잠시 쉬었다 가고 싶어도 마땅한 곳이 없거나(주차, 거리 문제) 양심에 찔려(남편은 일찍 퇴근하면 바로 집에 오니까) 늘 집으로 향했다. 그러다 어느 날 예기치 않게 삼십 분의 여유가 생겼다. 마침 지하철을 타고 출근한 날이었고 동네 지하철역에 내리니 바로 앞에 카페도 있었기에 잠시 고민하다가 커피를 주문하고 자리를 잡았다. 딱 삼십 분만 글을 쓰다 갈 참이었다. 평소에는 마시지 않는 캐러멜 시럽과 초콜릿 칩이 가득한 달콤한 커피를 들이켜며 행복하게 키보드 자판을 두드리기 시작할 때 남편에게 전화가 왔다. 어떻게 알았지? 내가 지금 땡땡이치고 있는 걸?

받아야 할지 말아야 할지 고민하다가 침을 한번 꼴깍 삼키고 전화를 받았다. "……여보세요?" "언제 와? 우리 지금 지하철역 앞 벤치인데 퇴근하면 같이 시장 가자고. 까까 먹으면서 기다리고 있어." 남편의 부드러운 목소리가 들리자 키보드를 집어넣었다. 먹다 남은 커피는 테이크아웃 잔에 옮겨 담고, 방금 앉은 자리를 정리하고 카페 밖으로 나왔다. 오 분 정도 집에 가는 방향으로 걸어가니 남편과 아이가 보였다. "오늘 나 일찍 끝난 거 어떻게 알았어? 응? 진짜 나한테 CCTV 설치해놨니?" 시간 맞춰 퇴근하려던 꼼수가 통하지 않았다.

남편이 퇴근 후에 육아 출근을 한다고 하면 "아이가 어린이집에 가 있는 동안 주부는 쉴 수 있잖아. 그러니까 남편도 퇴근 후에는 쉬게 해줘야지."라고 말하는 사람들이 종종 있다. 이런 사람들은 청소도우미와 베이비시터를 모시고 사는 걸까? 아이가 어린이집에 간 후 집안일을 하고 양육과 관련된 일들을 다 끝내면 시간을 겨우겨우 끌어모아봤자 주부에게는 최대 두 시간 남짓이 남을 뿐이다. 매일 두 시간이 보장되는 것도 아니다. 아이를 키우면 예기치 못하게 처리해야 할 일들이 여기저기서 팍팍 튀어나오기 때문이다.

자, 퇴근한 남편이 "나 운동 좀 다녀올게"라고 말한다면 두 시간의 자유를 줄 수는 있다. 하지만 여기에는 운동을 끝내고 집으로 돌아온 남편은 반드시 육아 출근을 해야한다는 전제가 붙는다. 퇴근했다고 완전한 자유를 주는 것이 아니라 '일과 육아에 필요한 체력을 갖추기 위해 운동할수 있는 권리'를 주는 것이다(만약 남편이 운동하고 돌아왔을때 아이가 이미 잠들어 있다면 빨래 개기, 매트 닦기 등 저녁에 아내 혼자 아이를 보느라 하지 못한 집안일을 남편이 하면 된다).

　아니면 요일을 정해 남편과 아내가 번갈아 취미 활동을 할 수도 있다. 주말에는 전업주부와 바깥양반이 각자 해야 할 일을 칼같이 나눠 살림과 양육을 함께해야 한다. 평일에 일하느라 힘든 사람은 바깥양반뿐 아니라 전업주부도 마찬가지다. 주말에까지 주부가 살림과 양육을 전담해서는 안 된다. 주말에도 돈 벌어 오라며 바깥양반 등을 떠밀지 않듯이 전업주부에게 삼시 세끼를 차리라고 요구해서는 안 된다. 배고픈 사람이 차려 먹자. 그리고 알아서 치우자.

　바깥양반과 전업주부의 역할을 돌아가며 체험해본 우리 부부. 더는 '내가 더 힘드네, 네가 더 쉽네' 하며 소모적이고 불필요한 다툼은 하지 않는다. 원하는 것이 있다면 정확하게 요구하고 평등한 협의 과정을 거쳐 우리만의 결론을 내린다. 물론 모든 결론이 항상 논리적이진 않다. 가끔은 "나 오늘 수업이 많아서 너무 힘들었으니까 육아 출근 전에 잠깐 쉴래. 딱 십 분만 소파에 누워 있을래!" 하며 생떼도 부린다. 서로 이해할 수 있는 정도라면, 부부의 정으로 넘어갈 수 있는 정도라면 살짝 눈감아준다. 이렇게 살아간다.

앞으로 휴직은
제비뽑기로 결정하자

　　6개월이라는 한시적인 엄마 휴직이 점점 끝나 가고 있다. 사무실 임대 계약서에 사인을 했던 날의 벅찬 마음과 내 책상에 앉아 커피 한 잔 마셨던 출근 첫날의 행복이 계속되리라 생각했는데! 고된 밥벌이 현장에서 매일 땀을 흘리다 보니 내가 왜 엄마 휴직을 부르짖었던 걸까 후회하기도 했다. 시원한 에어컨 바람을 맞으며 집에서 텔레비전을 보고 싶은 마음이 솟구친 날도 있었다. 그래도 내 감정과는 별개로 시간은 공평하게 흐르고 변화는 나타났다. 엄마 휴직 후 달라진 점을 간단히 정리해봤다.

엄마 휴직 후 달라진 점

물리적 변화

사소한 부분까지 모두 언급하자면 하룻밤을 꼬박 새도 모자랄 정도로 많은 변화가 있었다. 한 달에 한 번은 세탁기에서 분리해서 씻어냈던 먼지 거름망은 6개월 동안 방치되었다. 스테인리스 식기 건조대에 낀 물때와 매트 틈새의 먼지는 단 한 번도 닦여 있던 적이 없다. 내가 살림을 주도했을 때는 결코 일어나지 않았던 이런 무시무시한 일들이 지난 6개월 동안 집안 곳곳에서 발생하고 있었다.

하지만 거름망 속 먼지가 포화 상태에 이르렀다고 해서 우리 집에 엄청난 폭탄이 떨어진 것은 아니다. 가족 구성원 세 명 중 나만 답답해한다는 것만 빼면 넘어갈 수 있는 수준이다. 남편이 빨래를 일주일씩 묵혀 두거나 쓰레기통을 열흘씩 내버려 둔 것은 아니니까 말이다. 그래, 남편이 주부가 됐다고 해서 나와 살림을 똑같이 해야 한다고 요구할 수는 없다. 각자 자신이 선택한 대로 일을 할 뿐이다. 남편은 이 정도만 일을 하기로 선택했을 뿐이다.

좀 더 눈에 띄는 물리적 변화를 찾자면 정규직인 남편에 비해 적은 내 수입 정도랄까. 하지만 처음에 목표로 잡았던 월 210만 원은 달성했으니 이 또한 엄마 휴직 전과 비교해 그렇게 엄청난 변화는 아니었다. 안 그래도 자유로웠던 아이의 옷차림이 한층 더 자유로워진 건 좋은 변화인지 아닌지 정확히 말할 수 없다. 어쨌든 엄마 휴직을 하는 동안 우리 가족 세 명 중 누구에게도 부정적인 변화는 없었으니 이 정도면 만족한다.

아, 잊을 뻔했다. 남편은 몇 개월 동안 열심히 보컬 트레이닝을 받았으나 내 앞에서 단 한 번도 노래를 부른 적이 없기에 노래 실력이 어떻게 변했는지는 말하기가 어렵다. "아, 노래 잘하는 게 정말 쉽지 않네." 혼잣말을 하는 건 여러 번 들었는데 과연 언제쯤 그 노래를 들을 수 있을지 궁금하다.

심리적 변화

아빠도 주양육자가 될 수 있음을 직접 확인했다. 남편이 아이의 어린이집 준비물을 제대로 챙기지 못한 건 여자보다 덜렁대는 '남자'라서가 아니라 그동안 해보지 않았기 때문이었다. 충분히 시간과 정성을 들여 남편은 점점 더 멋들어진 주양육자의 모습을 갖춰 갔고, 이제 더는 어린이집 선생님도 나에게 아이의 정보를 묻는 연락을 하지 않는다. 아빠가 주양육자가 된 것이 모두에게 자연스러워졌다. 부부 간의 성별 분업은 학습된 고정관념이었다는 것을 지난 6개월 동안 아주 뼈저리게 느낄 수 있었다.

또한 3년간 육아하느라 단절된 내 경력도 생각보다 빠르게 다시 채워 나갈 수 있었다(물론 나는 아주 운이 좋은 경우다). 처음엔 다시 무대에 올라 연극을 할 수 있을지, 학생들 앞에서 강의를 할 수 있을지, 심지어 이메일이나 통화로 사람들과 공적으로 소통할 수 있을지 걱정했다. 불어난 몸과 오랫동안 연극 훈련을 쉬어서 변한 목소리를 다시 찾는 데까지 잠시 고난이 있긴 했지만 매일 전전긍긍하며 걱정할 정도는 아니었다. 원한다면 나도 다시 바깥일을 하며 노동의 대가를 정당하게 받을 수 있다고 생각하게 됐다. 땀 흘리며 수업하고 공연하는 내가 자랑스럽고 예뻐서 휴대폰 속 내 사진을 계속해서 들여다봤다. 장하다, 나.

앞으로 우리는?

엄마 휴직을 다시 할 수 있을까

남편의 직장 상황을 고려해서 아이가 여섯 살이 되는 해인 이 년 반 뒤에 다시 엄마 휴직을 할 예정이다. 6개월이 될지 일 년이 될지 모르겠다. 정규직인 남편에 비해 적은 내 수입에 의존해서 얼마 동안 가계를 유지할 수 있을지 잘 모르겠다. 누가 바깥일을 할지를 결정하는 기준이 단순히 '돈'이 아니면 좋겠는데, 그러한 선택을 하려면 사실상 가정 경제가 안정적이어야 한다.

우리나라의 모든 주부에게 월 300만 원 정도 살림 수당이 지급되거나 내 수입이 지금보다 두 배 이상으로 뛸 수 있는 일을 찾지 않는 이상 우리 집의 바깥양반은 앞으로도 주로 남편이 될 가능성이 높다. 그렇다고 해서 전업주부와 주양육자 역할을 나 혼자 끝까지 맡을 의사는 없다. 나는 그 누구보다 밖에 나가서 일을 하고 싶은 사람이다. 엄마 휴직을 하고 나서도 "애 볼래, 밭맬래?"라고 묻는 질문에 여전히 "밭맬래"가 먼저 나오는 걸 보면 나는 그렇게 살아야 하는 사람이다.

어떤 일을 하든 바깥일을 하고 싶다. 그렇기에 살림과 양육을 주로 하면서도 끝까지 내 일을 놓지 않을 생각이다. 그러려면 살림에 대한 강박을 내려놓고 조금 더 여유를 지녀야겠지? 쉽지 않겠지만 나도 매트 청소는 일주일에 한 번만 해보겠다. 아이고, 생각만 해도 걸레를 집어 들고 매트를 닦고 싶어지네. 큰일이다!

공식적인 자유 시간 확보

남편은 복직 후 일주일에 두세 번 저녁에 운동을 가기로 나와 합의했다. 엄마 휴직을 하는 동안 내가 오전에 운동할 수 있도록 남편이 배려해줬기에 나도 당연히 그렇게 하기로 했다. 대신 남편과 협의해 일주일에 한 번은 나도 저녁에 육아 퇴근을 하기로 했다. 저녁상을 차리지도 않고 아이를 씻기고 재우지도 않는 자유로운 저녁 시간. 남편이 퇴근하면 육아 일을 넘겨주고 집 밖으로 나올 것이다. 마치 짧은 엄마 휴직처럼! 나가서 뭘 하려나? 아마도 발레를 배우러 가거나 글쓰기 모임에 가지 않을까? 생각만 해도 벌써 짜릿하다. 찰나의 자유여!

아이가 초등학교에 입학하는 여덟 살에는 적어도 한 학기 정도 아이의 학교 생활을 도와줄 풀타임 주양육자가 필요하다. 우리 부부는 조부모의 손길을 기대할 수 없으니 결국 둘 중 한 사람이 휴직하고 주양육자가 되어야 한다. 보통은 엄마가 휴직을 하지만 우리는 성별 분업이 거짓이라는 것을 실제로 체험했기에 공평하게 제비뽑기를 할 예정이다. 50 대 50의 확률. 얼마나 짜릿한가! 가장 손이 많이 간다는 초등학교에 입학하는 여덟 살. 내가 뽑은 패가

제발 '바깥양반'이기를 지금부터 간절히 바라야겠다. 참고로 우리 아이는 현재 세 살이다. 하하하!

일요일 오후 4시의
대청소

    남편이 바깥양반이었고 내가 전업주부였던 시절. 일요일 오후 4시쯤 우리 집에는 이상한 기운이 흘렀다. 종종거리며 집 청소를 하는 나와 피곤한 모습으로 소파에 기대앉아 아이와 놀아주는 남편. 시끄럽게 청소기를 돌리고 온 집 안의 베갯잇을 벗겨 빨래를 하는 나를 보며 남편은 말했다. "그거 꼭 지금 해야 해? 내일 하면 안 돼?" 남편에게 "당신도 빨리 일어나서 청소 좀 해. 화장실 엄청 더러워." 라고 말하진 않았다. 그냥 내가 청소를 할 동안 아이와 놀아주기를 바랐다. 일요일 오후 두 시간을 내가 온전히 청소에만 쏟을 수 있도록 아이를 봐주기를 바랄 뿐이었다.

하지만 남편은 그조차도 별로 마음에 들지 않는 눈치였다. 내가 두 시간 동안 청소를 하면 남편은 그동안 혼자 아이를 봐야 하니까 영 불만이었을 것이다. 허나 어차피 일요일 오후 4시는 뭘 하든 모호한 시간이다. 내가 청소를 하는 동안 남편이 아이를 전담하지 않는다고 해도 딱히 다른 일을 할 수 없는 그런 시간.

남편의 한마디에 서운한 마음이 파도처럼 몰려왔다. 일요일 오후에 대청소를 하면 적어도 돌아오는 월요일과 화요일에는 청소를 하지 않아도 괜찮다. 거기에다 화장실 청소나 이불 빨래같이 일주일에 한 번만 하는 집안일까지 일요일에 하면 평일에 청소하는 데 들이는 시간을 줄여 두 시간 정도 나를 위해 쓸 수 있다. 그 시간 동안 마음 편히 운동을 갈 수도 있고 글을 쓰는 취미를 즐길 수도 있다. 그래서 나는 늘 일요일 오후에 대청소를 하길 바랐다.

남편이 "내가 할게!" 하며 옷소매를 걷어붙이고 나서서 화장실 바닥을 박박 닦아주기를 바란 건 아니다. 정말 딱 두 시간만 내가 청소에 집중할 수 있도록 아이와 놀아주기를 바란 것이다. 놀이터에 가도 되고 블록 놀이를 해도 된다. 뭘 해도 좋으니 아이가 날 찾지 않도록 해 달라는 뜻이었다. 매주 일요일 오후마다 우리 집에 감도는 묘한 기운이 싸움으로 번지지 않도록 최대한 서운한 마음을 꾹꾹 누르고 남편에게 말했다. "나 지금부터 청소기 돌릴게. 알았지?" 남편은 어쩔 수 없다는 표정으로 아이에게 말했다. "아빠랑 놀자. 이리 와."

엄마 휴직을 시작하고 공식적으로 청소를 책임질 사람이 나에게서 남편으로 넘어갔다. 휴직 초반에는 남편이 그랬던 것처럼 나도 살림에 나서지 않고 기다렸다. 남편이 시키는 일들만 묵묵히 하며 '살림은 내 영역이 아니오'라고 온몸으로 말했다. 물론 시키는 일은 군말 없이 해냈다. 예전의 남편처럼.

그렇게 몇 달이 지나고 나들이를 마치고 집에 돌아온 일요일 오후 4시. 폭탄을 맞은 듯한 외출 전 모습 그대로 정신없는 집이 우리를 기다리고 있었다. 밥풀이 여기저기 엉겨 붙은 아이의 내복, 애벌레 허물처럼 벗어놓은 남편의 바지, 주방 가득 탑처럼 쌓인 설거지, 침대 위에서 바닥까지 흘러내려 온 이불, 화장실 세면대에 낀 분홍색 물때. 집을 바라보는 남편의 뒷모습에서 깊은 한숨이 느껴졌다. 만약 내가 이 폭탄 맞은 집을 자진해서 정리하지 않고 내버려둔다면? 남편은 내일 오전 내내 집을 청소해야 할 것이다. 그러면 그렇게 좋아하는 운동도 못 가고 얼마나 답답할까.

축 처진 어깨를 한 채 거실 여기저기에 쌓인 빨랫감을 하나씩 줍는 남편에게 큰 소리로 말했다. "내가 청소할게. 당신은 아이랑 놀고 있을래?" 평소라면 딱 자기 할 일만 하고 육아 퇴근 후에는 집안일에 손 하나 까딱하지 않던 아내가 갑자기 나서서 청소를 한다니, 남편은 어리둥절한 표정으로 그러자고 말했다.

보통 사람들보다 손이 빠른 나는 두 시간이면 웬만한 집안일은 모두 해낼 수 있다. 두 시간 동안 방해받지 않게 되자 정말 번개처럼 이리저리 번쩍하며 집 안 곳곳에 광을 내기 시작했다. 살림을 대하는 남편의 태도에서 영 못마땅했던 부분을 지적하지 않고 직접 처리하니 얼마나 속이 시원하던지! 매트 위를 박박 닦으며 답답했던 내 속도 깨끗해졌다. 말끔해진 집을 마주하자 남편은 꽤나 만족스런 표정을 지었다. "너무 좋다." 그래, 이 순간을 기다렸다. "남편, 일요일 오후에 이렇게 대청소를 하면 평일에 당신이 아무 걱정 없이 운동하러 갈 수 있어. 어때? 좋지? 앞으로도 일요일 오후에 같이 청소할까?" 남편은 묘한 표정으로 알겠다며 웃었다.

일요일 오후 4시의 대청소. 단순히 전업주부의 몫을 덜어주려고 바깥양반이 베푸는 선심이 아니다. 내 일과 네

일을 구분하지 않고 서로에게 협조적인 태도로 함께하겠
다는 일종의 선언과도 같다.

주부 남편이 흘린
눈물

여느 날과 다르지 않은 밤이었다. "엄마, 많이 놀자"를 입에 달고 사는 아이를 겨우 어르고 달래서 재운 뒤, 녹초가 된 몸으로 방문을 살짝 닫고 거실로 나왔다. 내가 아이를 재울 동안 남은 집안일을 끝낸 남편은 소파에 앉아 무표정한 얼굴로 별 재미없는 텔레비전 프로그램을 보고 있었다. 내가 아침 일찍 출근해서 저녁 늦게 퇴근하다 보니 종일 남편과 제대로 된 대화를 한 적이 없다는 걸 알고 있었지만 당장 처리해야 할 일들이 머릿속에 둥둥 떠다녔다. '오늘 밤엔 꼭 글을 마무리해야 해. 얼른 컴퓨터를 켜자.' 남편을 슬쩍 지나쳐 작은 방으로 가려고 했는데 남편의 무표정한 얼굴을 보니 괜히 마음이 불편해져서 형식적인 위로의 말을 건넸다. "오늘도 고생 많았어. 힘들었지? 얼른 쉬어." 옅은 미소와 함께 "그래, 너도 얼른 쉬어"라는 말이 돌아오길 기대했는데 남편은 나를 쳐다보지도 않았다. 그러다 갑자기 입을 열었다.

"나 너무 힘들어."

응? 방금 육아 퇴근을 했는데 너무 힘들다고? 지금은 우리가 각자의 자리에서 육아 퇴근의 기쁨을 만끽하며 맥주를 들이켤 시간인데? 뭐가 힘드냐고 묻는 나를 보며 남편은 점점 감정이 격해졌다.

"너는 퇴근하고 집에 들어오면서부터 늘 힘들다고 말하잖아. 나도 힘든데 그런 너한테 아무 말도 할 수가 없었어. 나한테 시시콜콜한 이야기를 나눌 육아 동지가 있는 것도 아니고, 엄마한테 전화해서 하소연할 수도 없고. 말할 수 있는 사람이 아무도 없더라. 결국 혼자 삭이다 보니 외로워졌어."

우리가 함께한 십 년 동안 남편이 눈물을 흘리는 모습을 본 적이 거의 없었는데, 치열한 육아 현장에서 남편의 외로운 눈물을 마주했다. 원래의 나라면 얼른 남편에게 다가가 따뜻하게 안아주고 진심으로 위로를 건넸을 텐데, 종일 일하고 와서 육아까지 하느라 진이 빠질 대로 빠진 상태였기에 나도 모르게 뾰족한 말이 먼저 나왔다.

"네가 그렇게 말하면 나 좀 억울해. 난 정말 최선을 다했어. 네가 덜 힘들었으면 하는 마음에 일하는 시간 외에는 모든 시간을 육아에 쏟았어. 아이 재우고 이제야 내 시간이 생겨서 취미 생활 좀 하려고 하는데 대체 내가 뭘 어떻게 하길 바라는 거야? 내가 매일 밤 네 손을 잡고 안부를 물으며 따뜻한 위로를 건네길 바라는 거야? 그럴 시간이 없는 삶이란 거 우리 잘 알고 있잖아. 세 살 아이 키우면서 저녁 식사 시간 말고는 부부끼리 언제 제대로 된 대화를 할수 있겠어? 왜 밥 먹을 때 이야기 안 했어? 낮에 메시지라도 보내지, 왜 안 했어? 그때는 그냥 지나가고 지금 나한테 이렇게 말하면 난 좀 억울해."

내가 쏟아붓는 속사포 공격을 받은 남편은 쉽게 눈물을 그치지 못했다. 어린아이처럼 꺼이꺼이 울면서 투박한 손으로 흐르는 눈물을 닦으며 말했다.

"주리 네가 다 잘못했다는 게 아니야. 그냥 아이는 어린이집 안 간다고 매일 울고, 코로나 때문에 가정 보육은 늘고, 더워서 밖에서도 못 놀고. 모든 게 다 스트레스였어. 나는 매일이 힘든데 남들은 아무렇지도 않아 보여. 다들 너무 잘 살아. 나만 잘 못하는 것 같아. 그리고 네 태도에도 힘들었어. 완전히 선을 긋고 모든 걸 칼같이 나누려고 하잖아. 왜 그렇게까지 하려고 하는지 생각할수록 속상하더라. 그게 무슨 가족이야. 쌓이고 쌓여 화가 나."

나를 향한 화살이라고 생각했던 남편의 눈물의 속뜻을 들여다보니 주부와 주양육자라면 누구나 느끼는 감정이 있었다. '나는 아이와 보내는 시간이 매일 너무 힘든데 남들은 어쩜 저렇게 즐겁게 보낼까.' 바깥양반이 되기 전 주부였던 내가 매일 느꼈던 바로 그 감정이었다. 게다가 엄마 휴직을 하면서 아주 정확하게 역할을 바꾸려고 했던 내 태도가 남편을 상처받게 했다니, 순간 '무언가 잘못됐구나'라는 생각이 들었다.

남편이 나와 싸우려고 눈물을 무기로 내세운 것도 아니고 나를 비난하려고 내 잘잘못을 하나하나 따지려 했던 것도 아니었다는 사실을 이해하자 남편에게 한없이 미안해졌다. 남편은 "잘못한 사람은 아무도 없어. 그냥 전업주부의 삶이 그런 것 같아."라는 말로 마무리하며 눈물을 멈췄다. 텔레비전에서 흘러나오는 의미 없는 소리만 거실을 채웠다.

엄마 휴직을 막 시작했을 때는 '너도 한번 당해봐라'라는 마음이 남편을 향해 있었음을 부정할 수 없다. 별다른 준비 없이 갑작스럽게 주부와 주양육자 역할을 맡아 외로움과 억울함 속에서 허우적대던 경험을 남편도 겪어봤으면 좋겠다고 생각했다. 생전 처음 마주하는 어린 생명을 낮 시간 동안 오롯이 혼자 책임져야 한다는 막막함, 해도 해도 끝나기는커녕 쓸고 닦은 티도 안 나는 집안일을 매일 반복하는 지루함, 다시 바깥일을 할 수 없을지도 모른다는 불안함 등. 이름 붙이기도 어려울 만큼 다양한 주부와 주양육자의 감정을 남편도 오롯이 경험하게 하고 싶었다.

하지만 남편이 눈물을 흘리며 터놓은 이야기를 듣고는 내 생각이 완전히 틀렸다는 것을 알게 됐다. 바깥양반과 전업주부의 역할을 칼같이 나눌수록 우리 집의 가부장제는 겉모습만 살짝 바뀐 채로 더욱 견고해지고 있었다. 가부장제를 그대로 답습한 《이갈리아의 딸들》의 배경처럼 주체의 성별만 바뀌었을 뿐 그 속의 억울함과 불평등은 여전히 건재했다.

'나는 바깥일을 하고 돈을 버니까 남편은 주부로서 최선을 다해 열심히 살림을 하고 육아를 해야 해. 매일 빨래를 돌려서 내가 깨끗한 옷을 입고 출근할 수 있도록 해줘야

해. 아이의 문제로 내가 신경 쓰지 않게 만들어줘야 해. 그게 주부의 역할이니까!'

이것이 내가 원하는 우리 집의 모습이었나? 바깥일을 하면서 퇴근 후에 육아 출근을 하면 내가 할 일을 다했다고 자신 있게 말할 수 있나? 종일 혼자 외로웠던 주부 남편의 손을 잡고 진심으로 "고생했어"라고 말 한마디 하지 못한 이유는 무엇일까? 하지 못한 걸까, 할 필요가 없다고 생각한 걸까? 주부 남편의 마음까지 신경 써야 한다고 생각하지 않았던 이유는 무엇일까?

결국 문제의 중심엔 '돈'이 있었다. 내가 바깥일을 하면서 벌어 오는 그놈의 '돈'이 우리 집의 주 수입원이 되면서 나는 어느새 가부장제의 꼭대기에 올라 주부 남편의 어깨를 스리슬쩍 밟으려 했던 것이다. "밖에서 돈 버는 게 얼마나 힘든지 알아? 너는 집에서 살림하고 애 보면서 뭐가 그렇게 힘들다는 거야?" 주부였을 때 주변에서 이런 말을 들으면 수없이 상처받으며 힘들어했는데, 나에게도 이런 생각이 조금씩 스며들고 있었다니. 온몸에 소름이 끼쳤다. 바깥양반들이 돈 버는 일로 유세 떠는 꼴을 그렇게나 싫어했는데 알게 모르게 나도 그들을 똑같이 따라하고 있었다.

'너도 한번 당해봐라'라는 그릇된 생각을 잠시라도 했

었던 것을 깊이 반성한다. 내가 6개월 동안 바깥일에 집중할 수 있었던 이유는 남편의 협조적인 태도 덕분이었다. 아이의 등원과 하원을 책임지고 갑작스럽게 저녁이나 주말까지 아이를 돌볼 일이 생겨도 군말 없이 도맡아주었던 남편의 협조 덕분에 나는 아무런 걱정 없이 일에만 집중할 수 있었다. "평일 오후 6시까지만 일한다며?" 하고 불평하지 않은 남편 덕분에 양심의 가책 없이 일에 몰입할 수 있었다.

엄마 휴직을 하면서 내가 진정으로 바랐던 가족은 바로 이런 모습이 아닐까? 어떤 자리에 있든 한배를 탄 남편과 내가 함께 노를 저으며 같은 방향으로 나아가는 모습. 내가 배 앞쪽에서 노를 저으며 속도를 낼 때 남편은 배 뒤쪽에서 아이의 손을 잡고 노래를 불러주고, 남편이 노를 저을 때는 내가 배 바닥에 스며든 물을 퍼내기도 한다. 서로 합의해서 언제든 노를 젓는 역할을 바꿀 수 있고, 그 과정에서 누구 한 사람이라도 억울해하지 않아야 한다. 우리가 선택한 이 항해가 길고 길지만 서로 협조하고 신뢰하며 매일 조금씩 앞으로 나아가는 가족. 이게 내가 엄마 휴직을 하면서 찾고 싶었던 답이었다.

전업주부·주양육자와 바깥양반의 주체는 언제든지

바뀔 수 있다. 한 사람에게 독박 육아나 생계 부양의 책임을 지우지 않아야 한다. 아빠도 주도적인 주양육자가 될 수 있고, 엄마도 죄책감 없이 출근하는 평범한 바깥양반이 될 수 있다. 너무나도 당연한 이 사실을 우리는 이미 알고 있었는지도 모른다. 다만 모두가 지금처럼 살고 있기에, 그것이 가장 편하고 익숙한 방법이라고 생각하고 있기에 이 사실을 입 밖으로 내뱉거나 행동으로 실천하기가 어려웠을 뿐이다. 겁내지 말자. 억울하다고 불평만 하다가 이 짧은 인생을 끝내지 말자. 진심으로 원한다면 행동하자!

나와 당신의 엄마 휴직을 응원하며

어느덧 6개월의 엄마 휴직이 끝나고 남편은 직장에 복귀했다. 그리고 나도 다시 '엄마'라는 자리로 돌아왔다. 이른 아침에 깬 아이를 먹이고 씻기고 입혀, 겨우겨우 비위를 맞추며 어린이집에 보낸 뒤 커피 한 잔을 내려 책상 앞에 앉았다. 건조기 속에는 개켜야 할 빨래가 쌓였지만 당장 급한 일은 아니기에 일단 컴퓨터를 먼저 켜고 지난밤에 쓰던 글을 창에 띄웠다.

엄마 복귀 첫날, 나는 완벽한 주부가 되어야 한다는 강박에서 벗어나려고 '집안일을 너무 열심히 하지 말자'고 생각했지만 역시 몸이 따라주지 않았다. 온 집안에 광을 내고 나서야 허리를 폈다. 힘들었지만 만족스러웠다. 청소를 다 끝낸 뒤 다시 다짐했다. '집안일을 너무 열심히 하지 말자!' 사람은 쉽게 변하지 않는다. 하지만 행동에는 큰 차이가 없을지언정 마음은 조금씩 변하고 있으니 지금 나는 변화의 과정을 통과하고 있다고 생각하기로 했다.

엄마 복귀 닷새째 되던 날, 원래는 청소기를 돌리고 빨래를 개키는 것이 나의 오전 일상이지만 하지 않았다. 더러운 집을 내버려 두고 운동하러 갔다가 홀로 맛있는 점심을 먹고 돌아와 그대로 컴퓨터 앞에 앉았다. 목표로 했던 글을 다 쓰고 나서야 아이를 데리러 가기 직전에 급하게 청소기를 돌렸다. 주부가 되었으니 살림을 아예 놓을 수는 없지만 좀 더 후순위로 두기로 했다. 살림에 대한 강박을 치유하고자 먼지 앞에서 눈을 감았다. 집은 좀 어수선해졌지만 내 일에 집중할 수 있는 시간이 생겨 이제는 남편에게 '주부로 사는 삶의 억울함'을 토로하지 않는다. 생각을 정리하고 글을 써서 결과물을 만들어내는 낮 시간이 또 다른 엄마 휴직의 발판이 되리라 믿는다. 나는 이제 억울하지 않다. 오전 8시의 사무실은 아니지만, 오전 10시의 집에서도 나만의 일은 여전히 돌아가고 있다.

남편은 평일에 퇴근 후 일주일에 두 번씩 운동을 하러 가기 시작했다. 종일 일하고 바로 운동하러 가는 게 힘들긴 하지만 운동을 하고 나면 에너지가 생긴다고 하니 어쨌든 남편에겐 긍정적인 변화다. 운동을 다녀오느라 남편의 퇴근 시간은 예전보다 늦어졌지만, 나의 육아 퇴근 시간은 오히려 평소보다 빨라졌다. 예전에는 남편과 내가 저녁 육아를 함께하며 지지고 볶는 시간을 보냈는데, 남편이 운동을 다니기 시작한 후로는 운동을 마치고 집에 돌아온 남편에게 바로 육아 일을 넘겨주기 때문이다. 함께하면 더 힘들고 혼자 함께하면 더 쉬운 건 육아의 모순이라고나 할까?

가족 모두가 함께하는 풍성한 저녁 식사 자리는 예전보다 줄었지만, 간단하게 먹으니 뒷정리를 빨리 할 수 있어서 좋다. 이것저것 늘어놓는 사람 한 명이 줄어드니 정리도 더 수월하다. 일찍 육아 퇴근을 하고 자유 시간을 얻으니 '나는 언제 내 일을 해?'라는 억울함이 줄었다. 낮 시간에 내 일을 다 끝내야 한다는 압박감이 줄어 종종거리며 일을 하지 않아도 되니 아이에게 더 너그러워졌다. 실보다 득이 훨씬 많다. 평일 저녁에 시간을 나눠서 육아를 전담하고 나니 가족 모두가 함께하는 주말을 은근히 기다리게 된다. 더는 피하고 싶은 '월화수목금금금'이 아니다.

앞으로 다시 엄마 휴직을 하려면 남편의 직장 상황을 고려할 때 최소 이 년 반이 흘러야 한다. 그때까지 누가 날 기다려줄까? 하지만 엄마 휴직을 하기 전 삼 년의 경력 공백이 있었는데도 나는 다시 일할 수 있었다. 그러니 미리 겁먹고 움츠러들지 말아야지. 더는 "나만 집구석에서 이게 뭐야!"라고 억울해하지 말아야지.

친정어머니와 통화를 하는데 어머니께서 물으셨다. "엄마 휴직 하고 나서 뭘 깨달았어?" 나는 이렇게 답했다. "나도 다시 일을 할 수 있구나. 내 능력이 다 사라진 건 아니구나. 남편과 내가 원한다면 언제든 서로 역할을 바꿔도 문제될 것이 하나도 없다는 걸 깨달았어요." 어머니는 "아주 건설적이야. 대단해, 내 딸."이라고 하며 웃으셨다.

나는 인생을 스스로 피곤하게 만드는 사람이다. 그냥 대충 넘어가도 될 일에 딴지를 걸고 잘못된 것은 잘못되었다고 말한다. 하지만 내 뾰족한 성격과 행동이 누군가에게는 반드시 도움이 되리라 생각한다. 평생 건설적으로 살아보련다. 40층짜리 고층 아파트는 못 짓겠지만 집 안팎에서 자기 역량을 펼치고 싶은 엄마들을 위한 작은 디딤돌 정도는 놓을 수 있지 않을까. 그것이 내가 원하는 삶의 방식이다.

"내가 잘했던 일들은 다 어디 갔어? 이러면 내가 나쁜 사람 같잖아." 최종 원고를 출판사에 보내기 전, 남편에게 한번 읽어보라고 건네주니 남편은 이렇게 말했다. 맞다. 남편이 바깥일을 하고 아내가 양육과 살림을 거의 전담하다시피 하는 한국 가정의 보편적인 상황을 설명하기 위해 남편이 '특별히' 잘했던 일들은 모두 글에서 덜어냈다. 이런 부분을 일부러 삭제하지 않아도 모두가 손뼉 치며 공감할 수 있는 사회가 되기를 바란다. 아무도 억울하지 않도록.

부록

—

엄마 휴직을 위한
사소하지만 중요한 정보

남편의 육아 휴직 가능 여부 확인

육아 휴직 정책(2022년 기준, 고용보험 홈페이지 참고)

• 육아 휴직이란 : 근로자가 만 8세 이하 또는 초등학교 2학년 이하의 자녀를 양육하기 위하여 사용하는 휴직을 말한다. 2021년 11월 19일 '남녀고용평등법' 개정안이 시행되면서 임신 중인 근로자도 출산 전에 육아 휴직을 사용할 수 있도록 범위가 확대되었다.

• 지급 대상 : 육아 휴직 개시일 이전에 고용보험 납입 기간(해당 사업체에 재직하면서 임금을 받은 기간)이 모두 합해서 180일 이상이 되는 임금 근로자(고용보험에 가입한 특수고용직, 예술인, 플랫폼노동 종사자, 자영업자 등을 포함한다).

• 휴직 기간 : 자녀 한 명당 일 년 사용 가능하며, 자녀가 두 명이면 각각 일 년씩 사용도 가능하다. 부모가 모두 임금

근로자인 경우에는 한 자녀당 아빠도 일 년, 엄마도 일 년씩 사용 가능하다. 부부가 동시에 같은 자녀에 대해 육아 휴직을 사용하는 것도 가능하다.

• 휴직 급여 : 육아 휴직 기간 동안 통상 임금의 80퍼센트(상한액 150만 원, 하한액 70만 원)를 지급받을 수 있다. 단 사후지급분 제도를 적용하여 휴직 급여 중 25퍼센트는 직장 복귀 6개월 후에 합산하여 일시불로 지급받는다. 고용보험 홈페이지 첫 화면에 있는 간편 모의계산기를 활용하여 육아 휴직 급여를 예상해볼 수 있다.

• 육아 휴직 급여 특례('아빠 육아 휴직 보너스제') : 같은 자녀에 대하여 부모가 순차적으로 모두 육아 휴직을 사용하는 경우 두 번째 사용한 사람의 육아 휴직 3개월 급여를 통상 임금의 100퍼센트(상한액 250만 원)로 상향하여 지급한다. 또한 본 특례가 적용된 달은 육아 휴직 급여 사후지급분 제도가 적용되지 않아 통상 임금의 100퍼센트(상한액 250만 원)를 모두 받을 수 있다. 두 번째로 육아 휴직을 신청하는 부모가 엄마여도 본 제도가 적용된다.

육아기 근로 시간 단축 제도

• 육아기 근로 시간 단축 제도란 : 만 8세 이하 또는 초등학교 2학년 이하의 자녀를 양육하기 위해 근로 시간 단축을 신청할 수 있는 제도를 뜻한다.

• 지급 대상 : 육아 휴직 개시일 이전에 고용보험 납입 기간 (해당 사업체에 재직하면서 임금을 받은 기간)이 모두 합해서 180일 이상이 되는 임금 근로자

• 기간과 단축 근무 시간 : 자녀 한 명당 일 년(육아 휴직 미사용 기간을 가산하는 경우 최대 이 년까지) 신청 가능하며, 단축 후 근로 시간은 주당 15시간 이상 35시간 미만이어야 한다.

• 지급액 : 고용보험 홈페이지 첫 화면에 있는 간편 모의계산기를 활용하도록 하자.

나는 어떤 일을 할 것인가

당신이 현재 전업주부라면?

어떤 일을 하고 싶은지 생각해보자. 집중 양육 시기 전의 경력을 살려 재취업을 할 수도 있고 혹은 기존 경력과 무관한 업종에서 새롭게 일을 시작할 수도 있다. '내가 지금 하고 싶은 일'과 '내가 지금 할 수 있는 일'의 접점을 찾는 것이 가장 좋다.

예 : 연극 배우가 하고 싶음, 평일 오후 6시까지만 일할 수 있음 → 평일 낮 시간에 일할 수 있는 연극 강사

당신이 현재 맞벌이 부부라면?

기존에 하던 일을 그대로 유지하면 된다.

예상 수입

엄마 휴직 후 자신의 예상 수입

2022년 기준 최저 임금은 시급 9,160원이고, 주 40시간 기준 월급은 1,914,440원이다. 경력 공백 기간이 길수록 재취업이 어렵고 예전 자신의 수입만큼 벌 수 있는 가

능성이 적어진다. 이전 수입은 아예 잊고, 현실적으로 자신이 할 수 있는 일로 얼만큼 벌 수 있는지 계산해보자.

예 : 시급 40,000원의 연극 수업을 하루 세 번씩 일주일에 다섯 번 진행한다고 가정하면 월 2,640,000원의 수입이 예상된다.

남편의 육아 휴직 급여

고용보험 홈페이지 모의계산기를 활용하여 육아 휴직 급여를 예상해보자. 모의계산기로 산출한 실수령액은 연금이나 보험료 같은 공제액을 제하지 않은 금액이다. 회사별로 공제액이 다르니 육아 휴직 급여를 정확하게 계산하려면 급여 명세서를 꼼꼼히 확인해야 한다. 공제액이 클수록 실수령액은 적어진다.

2022년 기준 12개월간 통상 임금의 80퍼센트를 지급받는다는 조건으로 육아 휴직 급여를 계산해보자(상한액 150만 원, 하한액 70만 원).

예 : 월급 300만 원을 받는 A의 육아 휴직 급여

월급 300만 원의 80퍼센트는 2,400,000원이지만 상한액 1,500,000원을 넘기에 1,500,000원만 받을 수 있다. 사후지급분 제도에 따라 1,500,000원에서 25퍼센트를 제한 1,125,000원이 육아 휴직 급여다. 이 금액에서 공제액을 제하면 실수령액이 나온다.

'상한액 150만 원'은 최저 임금(월 1,914,440원) 이상의 급여를 받는 근로자의 경우 공제 전 육아 휴직 지급액이 모두 1,125,000원이라는 것을 의미한다.

예상 수입 합산

본인의 예상 수입과 남편의 육아 휴직 급여를 합산하여 최종 예상 수입을 정리한다.

예: 본인의 예상 수입 월 2,640,000원과 남편의 육아 휴직 급여 월 700,000원을 합해 총 월 3,340,000원의 수익이 예상된다.

최저 생활비 계산

엄마 휴직 후 가정 경제가 어떻게 달라질지 예측하려면 본인 가정의 최저 생활비가 얼마인지 따져봐야 한다.

• 2022년 기준 최저 생계비(중위 소득 60퍼센트 기준) : 3인 가구 2,516,820원, 4인 가구 3,072,648원

• 최저 생활비는 고정 비용과 변동 비용을 합한 순수 생활비의 월평균 값이다. 주거비, 식비, 교통비, 통신비, 여가비, 생필품 구입비, 육아비, 교육비, 용돈, 공공보험료, 민영보험료, 할부금, 경조사비를 모두 포함한다.

• 지난 6개월간 지출 내역을 합산해서 평균값을 계산한다. 머릿속으로만 셈하지 말고 직접 통장의 지출 내역을 꼼꼼히 확인해 가며 계산해야 한다. 남편과 본인이 사용한 카드의 명세서까지 모두 확인하여 꼼꼼하게 정리할수록 엄마 휴직을 하고 경제적 타격을 받을 가능성이 낮아진다.

• 자동차 보험료, 부모님 생신 등 경조사비처럼 일 년에 한 번 있는 특별 지출도 잊지 않고 최저 생활비에 꼭 포함한다. 대신 주택 대출금처럼 금액이 높은 항목은 엄마 휴직 기간 동안 벌어들인 수익에서 해결할 수 없는 경우가 대부분이니(남편이 육아 휴직을 하면 아내의 월급으로만 주택 대출금까지 해결하기는 보통 어렵다) 엄마 휴직을 시작하기 전에 해당 비용을 지불할 여유 자금을 확보해놓는 편이 좋다.
예 : 남편이 6개월간 육아 휴직을 하고 주택 대출금이 월 150만 원이라고 가정하면 6개월분인 9백만 원을 여유 자

금으로 준비해놓는다.

• 보험의 경우 일시 납입 중지 제도를 활용하여 엄마 휴직 전에 납입을 중지할 수도 있다.

• 엄마 휴직 기간에는 저축에 대한 압박을 조금 내려놓아도 된다. 남편만큼 돈을 벌 수 있어서가 아니라, 부부가 평등하게 역할을 분담하려고 엄마 휴직을 하는 것이기에 수익을 극대화하려고 노력하기보다는 최저 생활비에 맞춰 안정적인 가정 경제를 꾸리는 편을 추천한다.

자, 여기까지 읽은 당신! 남편이 육아 휴직이 가능한지도 따져봤고, 우리 집의 최저 생활비도 계산해봤다면 이제 본격적으로 엄마 휴직을 실행할 차례다. 아래 내용을 따라 남편을 설득해보자.

남편 설득하기

엄마 휴직이 필요한 이유

가족 구성원 중 억울한 사람이 한 명이라도 있다면 건강한 가족이 아니다. 부부가 평등하게 살림과 육아를 분담하기 위해 엄마 휴직이 필요하다. 아빠도 주양육자가 될 수 있고 엄마도 바깥양반이 될 수 있음을 서로가 이해하고 인정하기 위해 엄마 휴직이 필요하다. 아래 대사를 여러 번 연습해본 뒤 남편에게 당당하게 이야기해보자.

"내가 주부가 된 이유는 우리 둘 중 한 사람이 집에서 아이를 봐야 하기 때문이잖아? 근데 곰곰이 따져보니 그게 꼭 내가 되어야 할 이유는 없더라고. 당신이 지금까지 별로 안 해봐서 살림과 육아를 잘 못하는거지, 남자라서 못하는 건 아니야. 대신 나도 똑같이 당신처럼 밖에 나가서 일할게. 물론 경력 공백이 있어서 당신만큼 돈을 벌진 못할 거야. 하지만 그게 내가 바깥일을 하지 말아야 할 이유가 될 순 없어. 나는 지금까지 주부로서 월 296만 원 이상의 가치를 지닌 일을 하고 있던 거니까. 나는 앞으로 아이가 어느 정도 크면 예전처럼 바깥일을 하고 싶어. 그러니 엄마 휴직을 하면서 내 경력을 되살리고, 당신도 주부와 주양육자의 역할을 할 수 있다는 걸 확인해보고 싶어. 그래야 내가 억울하지 않을 것 같아."

엄마 휴직을 하는 방식

- 남편이 육아 휴직을 할 수 있는 외벌이 부부 : 남편이 일정 기간 육아 휴직을 하고 주양육자와 주부 역할을 맡는다. 아내는 바깥일을 하면서 생활비를 벌어 오고 퇴근 후에는 부양육자 역할을 맡는다.
- 남편이 육아 휴직을 하기 어려운 맞벌이 부부 : 전처럼 부부 모두 바깥일을 하지만 아내가 맡고 있던 주양육자 역할을 남편에게 넘긴다. 남편은 육아기 근로 시간 단축 제도를 활용해 육아를 하는 데 필요한 물리적인 시간을 확보한다. 남편이 육아 시간을 확보하는 것이 핵심이다. 최대한 일찍 퇴근해보겠다는 남편의 말을 믿었다가는 결국 엄마 휴직은 흐지부지될 가능성이 높다.

예상되는 남편의 불만과 적절한 답변

"당신이 나만큼 돈 벌어 올 수 있어?"

"당연히 그럴 수 없지. 주부와 주양육자로 살았던 동안 기존 경력에는 공백이 생긴 거니까. 하지만 나는 앞으로 아이가 크면 예전처럼 다시 바깥일을 하고 싶어. 그때를 위해 엄마 휴직이라는 준비 기간이 필요하다고 생각해. 단순히 돈을 당신만큼 벌 수 있냐 없냐의 문제가 아니야. 우리 가족의 미래와 내 인생을 위한 투자라고 생각해줘."

"당신이 갑자기 무슨 일을 할 수 있는데?"

"지금부터 찾아볼 거야. 예전 경력을 살릴 수 있으면 제일 좋고, 안 되면 새로운 분야에서 다시 시작해봐야지. 아르바이트라도 괜찮아. 내가 바깥일을 해본다는 게 핵심이야."

"내가 어떻게 애를 보냐?"

"나도 처음부터 완벽한 엄마로 태어난 건 아니야. 아이와 오랜 시간을 지내다 보니 어떻게 해야 할지 하나씩 깨

닫게 된 거지. 당신도 해보면 알 거야. 그렇게 어렵지 않
아. 단지 시간이 필요할 뿐이야."

"나 승진 밀려나면 당신이 책임질 거야? 내가 누구 때
문에 죽어라 일하는데?"

"현실적으로 생각해보자. 당신이 언제까지 승진하면
서 회사 생활을 할 수 있을 것 같아? 결국 우리 모두는 언
젠가 회사에서 나오게 되어 있어. 그 시기가 생각보다 빠
를 수도 있지 않을까? 나는 그때를 준비하는 거야. 당신에
게 가족 부양의 짐을 모두 지우고 싶지 않아. 나랑 아이 때
문에 하기 싫은 일 억지로 죽어라 하지 말고 잠깐 쉬어 가
자. 육아 휴직 한다고 밀려날 승진이었다면 어차피 안 됐
을 거야."

"당신만 억울해? 나도 억울해. 나도 집에서 살림하고
애 보면서 놀고 싶어."

"그래, 제발 그렇게 하자. 이번 기회에 집에서 푹 쉬면
서 하고 싶은 거 다 해봐. 살림하고 아이 보고 남은 시간에
꼭 하고 싶은 거 다 해보고 많이 놀아. 알았지?(미소)"

실행하기

일자리 찾기

(1) 이전 경력을 살려서 한시적인 계약직이나 프리랜서로 일한다. 예전에 함께 일하던 동료들에게 자신 있게 연락을 해본다.

(2) 구직 사이트에서 새로운 일자리를 찾아본다. 직업에 귀천이 없고 어떤 일이든 할 수 있다는 마음으로 구직에 임한다.

• 잡코리아 : 대표적인 취업 플랫폼이며 직무, 지역, 경력, 학력, 기업 형태, 고용 형태 등으로 세분된 상세 검색을 통해 구직자가 적합한 일자리를 찾을 수 있도록 도와준다. 이전 경력과 연관된 일자리를 찾는 것이 가장 좋겠지만, 그럴 수 없는 경우에는 근무 지역과 근무 시간을 가장 중심에 두는 것이 좋다.

• 워커넥트 : '계속 일하고 싶은 여성을 위한 커리어 플랫폼'을 지향하는 취업 플랫폼이다. 풀타임, 단시간, 탄력 출퇴

근, 근로 시간 단축, 재택·원격 근무제 등 검색 가능한 근무 조건이 다양하다. 육아 때문에 경력 공백을 겪는 여성을 위해 다양한 선택지를 제공한다. 경력에 고민이 있는 여성들을 위해 무료로 일대일 전화 상담을 제공하는 '커넥트콜' 서비스도 있다.

일하기

출퇴근 시간 엄수

평일 근무 시간을 확실히 정하고 직장에 오가는 데 필요한 시간까지 계산해 매일 출퇴근한다. 근무 시간은 일자리의 형태에 따라 달라질 수 있지만 출퇴근 시간을 정확히 지키는 것이 가장 중요하다. 엄마 휴직을 했는데도 낮 시간에 집에 있으면 결국 살림과 육아는 아내의 몫이 된다. 이런 상황이 반복되면 남편도 자연스럽게 당신에게 슬쩍 일을 하나씩 맡길 것이다. 무조건 집 밖으로 나가야 한다. 프리랜서라면 공유 오피스나 스터디 카페 혹은 도서관으로 출근하고 직장인이라면 사무실로 출근하자.

공유 오피스와 스터디 카페

• 패스트파이브 : 1인실, 2인실, 다인실 등 다양한 형태
의 독립된 사무실을 제공한다. 사무실을 임대하면 라운지,
회의실, 키친 등 공용 공간을 이용할 수 있는 대표적인 공
유 오피스다. 광화문, 강남 등지의 서울 도심에서 이용할
수 있다. 1인실 임대료는 월 60~70만 원 정도다.

• 파이브스팟 : 공유 오피스 1인실 임대 비용이 너무 부
담스럽다면 공유 오피스 라운지 멤버십을 이용할 수 있다.
파이브스팟은 패스트파이브의 라운지 멤버십 서비스이며
업무에 따라 자유롭게 좌석을 선택할 수 있다. 강남, 홍대,
여의도, 합정, 역삼 등지의 서울 도심에 있으며 카페 대신
이용하기 좋다. 한 개의 스팟을 한 달간 무제한 이용할 경
우 월 299,000원(일 9,966원)이다.

• 스터디 카페 : 과거 독서실로 불리던 공간이 스터디
카페라는 이름으로 재탄생했다. 청소년뿐만 아니라 공부
가 목적인 사람이라면 모두 이용할 수 있다. 집 주변에서
도 쉽게 찾을 수 있으며 평균 월 13만 원 정도를 지불하면
자유롭게 이용 가능하다. 다만 엄마 휴직 후 업무를 하기
위해 스터디 카페를 찾는 경우 노트북 사용이 가능한 구역
이 별도로 있는지를 먼저 확인해야 한다. 공부가 주목적인

공간이라 자판을 두드리는 소리나 마우스 클릭 소리에 예
민한 경우가 종종 있다.

일은 성실히

프로 직업인의 자세로 성실히 일에 임한다. '엄마 휴
직 하면 자유 시간이 생기니까 마음껏 놀러 다녀야지' 하고
생각하면 안 된다. 집안일을 했던 노동자에서 바깥일을 하
는 노동자로 역할만 바꾸었다는 것을 명심하자. 수익의 많
고 적음과는 별개로 바깥일을 하면서 처음 목표로 정한 수
익을 버는 것을 최우선 목표로 둔다.

퇴근 후 육아 출근은 명확히

퇴근 후 육아 출근을 원칙으로 한다. 단 남편이 했던
만큼만 하자. 만약 전에 남편이 퇴근 후 술자리가 많았다
거나 주말에 늦잠을 잤다면 똑같이 하자. 자신을 똑같이
따라하는 아내를 보면서 남편도 속이 터지는 경험을 해볼
수 있다. 그리고 퇴근 후 육아 출근에 대해 부부만의 새로
운 기준을 함께 만들어 가도록 하자.

남편과의 관계

(1) 남편의 살림과 육아 방식에 간섭하거나 잔소리하는 것을 자제하자. 남편이 나와 똑같이 완벽하게 살림을 하는 것이 엄마 휴직의 목적이 아님을 명심하자. 꼭 해야 할 이야기가 있다면 말보다는 글이 낫다. 냉장고에 화이트보드를 붙여놓고 전달할 내용을 적어 두자. 집안일과 양육 목록을 만들어서 잘 보이는 곳에 붙여놓자.

• 집안일 : 청소, 빨래, 장보기, 요리, 설거지, 택배 주문과 정리, 각종 서류 처리 등

• 양육 : 등·하원 관리, 철에 맞는 의류 구입과 정리, 장난감 구입과 처분, 양육 정보 탐색 등

(2) 키즈노트의 계정, 어린이 도서관 운영 시간, 소아과 전화번호 등 자주 찾는 정보도 눈에 띄는 곳에 붙여놓는 편이 좋다. 말로 정보를 주고받으면 감정이 실려 서로 기분이 상할 가능성이 높으니 최대한 글로 소통하자.

(3) 가끔 서로에게 휴가를 주자. 그동안 해보지 않았던 역할을 하느라 낯설고 힘든 서로를 위해 반나절이나 한나

절 혹은 1박 2일의 휴가를 선사하자. 시내의 비즈니스호텔을 이용하면 1박 2일에 10만 원 정도를 들여 가성비 좋은 휴식을 취할 수 있다. 설마 이 책을 여기까지 읽고도 '내가 없으면 아이가 못 자는데'라며 걱정할 엄마는 없으리라 생각한다. 다시 한번 강조하지만 아빠는 아이를 잡아먹지 않고, 아이는 생각보다 새로운 상황에 잘 적응한다. 모든 것은 시작에 달렸다.

아이와의 관계

지금의 상황을 정확히 설명한다.

"엄마가 했던 것처럼 아빠도 집에서 요리하고 청소하면서 너를 챙겨줄 수 있어. 그동안 아빠가 밖에서 일하느라 같이 많이 못 놀아서 아쉬웠지? 엄마가 밖에서 일하는 동안 아빠랑 많이 놀고 좋은 추억을 만들어보는 게 어때? 엄마랑 많이 못 놀아서 아쉬우면 주말에 다 같이 많이 놀자!"

엄마 휴직 초반에는 바뀐 상황에 아이가 혼란스러워할 수도 있다. 아이의 눈높이에 맞춰 반복해서 상황을 설

명해주고 주말에는 최대한 가족 모두가 함께 시간을 보내
며 아이의 놀이 시간이 부족하지 않도록 채워주자.

자주 묻는 질문

"남편이 요리를 아예 해본 적이 없는데 어쩌죠? 심지어 밥물도 못 맞춰요."

반찬 배달 서비스를 이용하거나 밀키트를 활용하라고 제안하자. 일주일에 두 번 2~3인분 반찬을 배달시키면 월평균 20만 원 정도 든다. 식재료 구입비와 비교해봐도 결코 과하지 않고, 장 보고 요리하는 시간을 줄임과 동시에 맛이 보장된 음식을 먹을 수 있다는 장점이 있다. 동네 반찬 가게 이용, 온라인 반찬 배달, 밀키트나 냉동 식품 구입 등 다양한 시도를 해본 뒤 가족의 입맛에 가장 맞는 방법을 선택하자.

남편이 밥물을 잘 못 맞추는 이유는 그동안 해볼 기회가 없었기 때문이다. 일주일 동안 남편이 매 끼니를 준비해본다면 일주일 후 남편은 세상에서 제일 맛있는 밥을 짓는 사람이 될 것이다. 누구라도 연습하면 잘할 수 있다. 살림에 도움이 되는 서비스를 몇 가지 소개한다.

• 청소연구소 : 어플리케이션으로 편리하게 청소도우미를

구할 수 있는 생활 청소 서비스(설거지, 분리수거, 청소기 돌리기 등)를 제공하며 집 평수에 따라 서비스 시간과 비용이 달라진다. 수도권 20평대를 기준으로 하면 네 시간에 52,800원이 든다. 집에 사람이 없어도 서비스를 이용할 수 있으며 어플리케이션으로 간단하게 서비스를 신청하고 변경할 수 있어서 편리하다.

• 미소 : 청소연구소와 비슷한 서비스를 제공하지만 집 평수가 아닌 서비스 제공 시간으로 비용을 책정한다. 요금은 주소에 따라 다르고 수도권 기준으로는 두 시간에 33,100원, 네 시간에 53,600원이다. 저렴한 비용으로 짧게 서비스를 이용하고 싶은 가정에 적합하다.

• 더반찬 : 원하는 요일에 집 앞으로 편하게 배송받을 수 있는 정기 식단 서비스를 제공하고 원하는 반찬을 직접 선택하여 구입할 수도 있다. 1~2인 기준의 싱글 정기 식단 세트의 경우 27,500원이고, 3~4인 기준의 패밀리 정기 식단 세트는 35,000원이다. 홈페이지에서 2주간의 식단을 미리 확인할 수 있고, 원하는 날짜에 개별 주문을 할 수 있어서 편리하다.

• 집밥연구소 : 매주 수요일 월 4회씩 정기 배송을 받을 수 있다. 13종의 세트 중 원하는 세트를 선택할 수 있고, 1세

트에 3~4인분에 해당하는 일고여덟 종류의 반찬이 들어 있다. 이외에도 '자취생 꿀조합 세트' '튼튼 어린이 반찬 세트' '가성비 수제 국밥 세트' 등 개별 상품도 있어 필요할 때만 주문할 수도 있다.

"아이가 아빠를 별로 안 좋아해요. 무조건 엄마만 외쳐요. 남편 혼자서 아이를 잘 돌볼 수 있을까요?"

아이가 아빠보다 엄마를 더 좋아하는 이유는 다양하다. 그중 하나는 아빠보다 엄마와 보내는 시간이 더 많았기 때문이다. 아빠가 주양육자가 되고 아이와 많은 시간을 함께 보낸다면 둘의 관계도 분명 달라질 것이다. 아빠와 보내는 시간을 낯설어하는 아이에게는 지금의 상황을 천천히 반복해서 설명해주자.

"경력 공백이 3년이 넘어요. 예전 일을 다시 하기엔 무리가 있고 새로운 일에 도전하자니 겁이 나네요. 그래도 엄마 휴직은 하고 싶은데 어떻게 하면 좋을까요?"

오랜 경력 공백을 뚫고 다시 사회로 나가는 일은 생각보다 훨씬 어렵다. 하지만 정말로 원한다면 어떻게든 새 길을 닦아야 한다. 돈, 경력, 자아실현 등 자신이 바깥일을 하면서 어떤 가치를 우선순위에 둘지 따져보고 그에 맞춰 일을 선택해보자. 돈이 우선이라면 자신이 현재 할 수 있는 일 중 돈을 제일 많이 벌 수 있는 일을 선택하고, 경력이 우선이라면 수익은 조금 적더라도 자신이 이전에 했던 일과 관련된 일을 선택하면 된다. 걱정만 하면서 시간을 보내지 말고, 되든 안 되든 일단 움직여보자.

"엄마 휴직 동안 꼭 최저 생활비만큼 돈을 벌어야 하나요? 그동안 하고 싶었던 것들을 배우며 나 자신을 위한 자기계발을 하면 안 될까요?"

그래도 된다. 단 엄마 휴직 기간에 쓸 생활비를 모두 마련해놓아야 한다. 경제적으로 여유가 있다면 남편은 육아 휴직을 하고 아내는 엄마 휴직을 해서 아이의 공동 양육자가 되어도 전혀 문제가 없다. 하지만 대부분의 가정이 6개월에서 일 년 동안 쓸 생활비를 모두 마련해 두기는 어렵다. 그러므로 엄마 휴직 전 최저 생활비를 정확하게 계산하여 미리 준비하는 것이 좋다.

지자체에서는 경력 공백 여성을 위해 다양한 교육 프로그램을 대부분 무료로 진행하고 있으니 관심 분야가 있다면 미리 확인하여 신청해보자.

• 여성새로일하기센터(새일센터) : 2021년 7월 기준 전국 159개소를 운영하고 있으며, 육아·가사 등으로 경력이 단절된 구직 희망 여성을 대상으로 하여 직업 상담, 구인·구직 관리, 직업 교육, 인턴십, 취업·창업 지원, 취업 후 사후 관리, 경력 단절 예방 등의 프로그램을 종합적으로 지원한다. 디지털 웹·앱 디자인, e커머스·온라인스토어 창업, 반려동물 관리사, 병원 원무 행정·마케터 등 교육 분야도 다양하다. 오전 9시부터 시작되는 프로그램이 많아서 엄마 휴직을 하고 집중하여 공부하기에 아주 적합하다. 교육을 모두 이수하면 새일센터의 취업 지원 프로그램을 통해 실제 취업까지도 가능하다.

"저는 아이가 셋이고 남편은 직업상 육아 휴직을 하기 어려워요. 그럼 엄마 휴직은 아무래도 힘들겠죠?"

엄마 휴직을 하는 데 꼭 6개월이 넘는 긴 시간이 필요한 건 아니다. 남편이 육아 휴직을 내기 어려운 상황이라면 일주일에 한 번 엄마 퇴근을 하거나 일 년에 한두 번 엄마 휴가를 내는 방법으로도 엄마 휴직을 대체할 수 있다. 명칭과 방식이 조금씩 달라져도 괜찮다. 핵심은 '엄마(주부와 주양육자)'라는 역할에서 잠시 벗어나는 것이다. 이를 위해 아이를 잠시 베이비시터에게 맡기는 것을 두려워하지 말자. 피곤하고 지친 엄마와 보내는 24시간보다 자신과 잘 놀아주는 전문 보육인과 함께하는 두 시간이 아이에게는 훨씬 재미있을 것이다. 이용할 만한 돌봄 서비스를 몇 가지 소개한다.

• 아이돌봄서비스 : 부모의 맞벌이 등으로 양육 공백이 발생한 가정의 만 12세 이하 아동에게 아이돌보미가 찾아가는 공공 서비스다. 부모의 양육 부담을 줄이고 시설 보육의 사각지대를 보완하고자 만들어졌다. 소득에 따라 정부 지원을 받을 수도 있다. 2022년 기준 시간제 기본형 서비스의 경우 시간당 10,550원이지만, 정부 지원을 최대치로 받을 경우 시간당 1,582원으로 서비스를 이용할 수 있다. 야간이나 휴일에도 50퍼센트의 할증 요금을 추가로 지불하면 서비스를 이용할 수 있어서 직업 환경이 불규칙한 부모들이 이용하기에 좋다. 다만 돌보미 선생님들의 연령대가 보통 50대 후반에서 60대 중반이라서 놀이 활동보다는 등·하원 보조처럼 정기적이고 일상적인 돌봄을 맡기는 편이 더 적절하다.

• 째깍악어 : 만 1세부터 초등학생까지 이용 가능하며 등·하

원 등의 생활 돌봄뿐 아니라 놀이, 학습, 영어, 창의 미술 등 다양한 분야의 교육 서비스까지 제공한다. 365일 원하는 시간, 원하는 장소에서 갑작스런 돌봄 인력이 필요할 때 유용하게 이용할 수 있으며 따로 가입비도 없어 이용한 시간만큼 요금을 지불하면 된다. 대학생, 특기 교사, 보육 교사 중 원하는 돌봄 인력을 선택할 수 있고 인력에 따라 비용 차이가 있다.

보육 교사를 기준으로 하여 놀이는 시간당 18,000원, 창의 미술은 23,000원이며 돌봄 유형에 따라서도 비용에 차이가 있다. 돌보미 선생님들의 연령대는 20대에서 40대이고, 아이들의 눈높이에 맞는 놀이나 다양한 활동이 필요할 때 이용하면 좋다.

"주리 씨의 남편이 성평등에 동의하는 특별한 사람이라서 엄마 휴직이 가능한 거 아닌가요? 보통 남자들은 엄마 휴직을 받아들일 수 없을걸요. 제 남편도 그래요."

내 남편도 처음부터 부부 간 성별 분업에 대한 나의 의견에 모두 동의한 것은 아니었다. 연애할 때부터 지금까지 십 년이 넘는 기간 동안 꾸준하게 성별 불평등에 대해 이야기를 나눠 왔고 실제로 특정 상황에서 남편이 어떻게 행동하면 좋을지에 대해 많이 제안해 왔다. 그중에는 지금까지 동의하지 않는 부분도 있고, 충분히 설득되어 바뀐 부분도 있다.

처음부터 무조건 내 의견만을 따라주는 사람은 없다. 이 글을 읽고 있는 당신이 부부 간 성별 분업에 불만이 있고, 이를 바꾸길 원한다면 먼저 자신에게 질문해야 한다. "나는 지금 어떤 부분이 불편한가? 왜 불편한가? 그것을 어떻게 변화시키고 싶은가?" 스스로 먼저 이해한 뒤 남편과 대화를 시작해보자. 한 번에 해결되는 문제는 없다.

엄마 휴직을 선언합니다

2022년 1월 11일 초판 1쇄 발행

- ■ 지은이 ─────── 권주리
- ■ 펴낸이 ─────── 한예원
- ■ 편집 ─────── 이승희, 윤슬기, 양경아, 김지희, 유가람
- ■ 본문 조판 ─────── 성인기획
- ■ 펴낸곳 교양인

　　우 04020 서울 마포구 포은로 29 202호

　　전화 : 02)2266-2776 팩스 : 02)2266-2771

　　e-mail : gyoyangin@naver.com

　　출판등록 : 2003년 10월 13일 제2003-0060